Radfahren
am
Rhein

沿着莱茵河骑行

梁东方 著

花山文艺出版社
河北·石家庄

图书在版编目（CIP）数据

沿着莱茵河骑行 / 梁东方著. --石家庄:花山文
艺出版社，2020.9（2023.6 重印）
ISBN 978-7-5511-5230-3

Ⅰ. ①沿… Ⅱ. ①梁… Ⅲ. ①散文集－中
国－当代 Ⅳ. ①I267

中国版本图书馆CIP数据核字(2020)第099257号

书　　名：沿着莱茵河骑行
　　　　　YANZHE LAIYINHE QIXING

著　　者：梁东方

责任编辑：王李子

责任校对：贺　进

封面设计：陈　淼

美术编辑：胡彤亮

出版发行：花山文艺出版社（邮政编码：050061）
　　　　　（河北省石家庄市友谊北大街330号）

销售热线：0311-88643217/96/99

印　　刷：北京一鑫印务有限责任公司

经　　销：新华书店

开　　本：880×1230　1/32

印　　张：8.125

字　　数：160千字

版　　次：2020年9月第1版
　　　　　2023年6月第2次印刷

书　　号：ISBN 978-7-5511-5230-3

定　　价：55.00元

哥伦布、时间的深度与自我的边界

□ 老 哲

一

哥伦布在1493年的探险行动，给这个世界到底带来了什么？

欧洲文明扩展到一个刚刚被他们发现的新大陆，并从那时起在短短的几十年里消灭了当地已经持续存在了上千年的文明。然后获胜的欧洲模式繁衍出今天的南北美洲，特别是世界第一强国，美国。没有美国的世界，今天似乎是无法想象的，但是玛雅王朝、印加帝国、阿兹特克文明今何在？一种文明的扩张，总是意味着另一种文明的衰亡。至少过去以来，残酷的现实就是如此。

从人类整体意义上而言，我们早已错过了那令人兴奋不已的地理大发现年代，我们对于未知世界的热情，并未因此而减弱。在我看来，求知欲和好奇心是激励人类一代又一代生活下去的基本动力，丝毫不亚于食色本能。五六千年前，中国文明，从黄河中下游的狭小地域，逐渐向四周扩展，到明清早已越过南太平洋的限制，到达南洋诸岛。驱动力到底为何？逃避战乱，寻求好的生活，以及莫名其妙的冲动。闭关锁国的，不过是专制王朝的君主而已，沿海边疆不安分的草民们，何尝停止过他们对于遥远新世界的追寻和探索。遍布海外的中国文明的前哨，是这个文化为了自我更新、繁衍从而拥有一个光明前景而埋下的伏笔。

从雅典飞巴塞罗那前，我从携程网上预订了接机专车，司机是一名来自温州的三十多岁的男青年，从小跟随父母来到西班牙，已经定居这里二十多年了。在欧洲的绝大多数城市，你都可以预订到华人司机的驾车服务，他们有很多人，多数不是留学生，而是定居者。在欧洲住了一年，我了解到除了海外留学生这个巨大的群落之外，还有一个华人打工者的群落，也许更加庞大。也是在巴塞罗那，我在吃完盘子里的海鲜饭、走出餐厅之后，在街角的一个华人小店里，买到了一块豆腐，很地道的豆腐，只要一欧元。我手里拎着这块豆腐，望着距离兰布拉大道不远处的哥伦布雕像沉思良久。他立在一个纪念塔（更准确说是纪念柱）的顶端，身穿长大衣，左手持航海图，右臂前伸，指着大海，没有人能看清楚他的脸。我曾经挤进狭小的电梯内上到哥伦布的脚下，从那里眺望碧蓝如洗的大海，高大的棕榈树，港口桅杆如林，岸边行人络绎不绝，水面上海鸥翻飞发出尖叫，金色的阳光倾泻下来溅得满身满眼，这实在是一个激情四溢的城市。

15世纪前后的加泰罗尼亚，拥有当时世界上最好的造船厂。西班牙人以及近邻葡萄牙人，有当时世界上最大的探索未知海域的热情和冲动，以及不可缺少的雄厚的风险投资资本。出生于意大利的克里斯托弗·哥伦布，在这里找到他的投资人、组成他的船队、招募到他的水手再自然不过了。

我们每一个人心底都有一个面目模糊的哥伦布，甚至于一个驶向未知海域的庞大舰队。只不过我们来到这个世界上的时候，地球上的每一个地理空间和角落，都已经被前人彻底探索过了。就个人而言，无论对于谁，世界毕竟还是一个崭新的未知世界，我们出生的地方，不过是我们去探索这个世界的一个出发点而已。扬帆起航，也就成了迟早的事情。

于是，梁东方在2003年和2006—2007年，两度来到欧洲，沿莱茵河和易北河骑行。

二

用骑行的方式，在大地上旅行，从理论上讲，从自行车发明之日起就真的开始了。

直到20世纪80年代，中国的城市里最主要的交通工具，非自行车莫属。再早一些的六七十年代，自行车属于稀缺资源，要凭票供应，普通市民家庭，想买一辆自行车，不仅要积攒好些年月的工资，还要想方设法弄到那珍贵的票证。自行车、缝纫机和手表，一度成为相亲和结婚的所谓三大件，可见其在生活中的分量，有好多年，北方农村青年男女举行婚礼，新人每人推一辆通常是借来的自行车，作为迎送亲队伍中的压阵之物。

至今还记得十岁之前，自己刚学会骑自行车时的那股兴奋之情，那是在我的祖居之地长沟——中原偏僻的小山村。父亲从太原给祖父寄来一辆旧自行车，我自告奋勇去十几里外的捏掌火车站取回了它，就在村边的沁河大堤上，三天之内学会骑行。是成人自行车，车座和横梁都很高，我只能把腿从横梁下伸过去，当地叫掏窟窿骑行。一周之内，还风风火火地跑遍了我们村子周围附近——凡是有亲戚的村子。掉链子的事情，不足挂齿，安上继续前行，但却从没有想过到陌生的地方去。在乡下久住，思维上的缺陷，你甚至根本意识不到。我在长沟生活了十年，从未去过县城。十年之后，在大学的食堂吃饭，一群人边吃边聊，记不清是谁了，说某某骑自行车到一个很远的地方去了，说话的口气，既赞赏又羡慕，我听到这句话心头一亮，为什么不呢？十年前骑行的热情和兴奋，变本加厉地回到了我身上。我当天就去亲戚家借了辆自行车，带着自己不久前买的海鸥双镜头照相机，向着从来没有去过的地方——西安，出发了。既没向学校请假，也没告诉父母，只有一二好友在太原的五一广场为我送行。后来，因为考研、读研认识东方的时候，我们最早互相交换的信息便是，你骑行过哪些地方，我骑行过哪些地方，一拍即合，一见如故。

在没有私人汽车之前，自行车带给我们的行动上的自由，是如此之大，尤其是我们这些长途骑行爱好者们。住集体宿舍时，东方不知从哪里弄来一条废旧的自行车外车胎，悬挂在墙上，以此表达我们作为骑行者的信念和理想，也是我们友情的纽带。可以说，我们这代人的青春岁月，是和自行车相伴度过的。整个80年代，尧茂书独漂长江死后，在全国激发起漂流长江和黄河的热情，又很多年轻人失去他们的生命。除了这一引人瞩目的事件外，长途骑行也算是同样冲动之下的自发行为。或结队而行，或单人独闯，短则一二百公里，长则几千公里，我在北游途中，曾经结识了不少这样的志同道合者。每人的具体目标，并不相同，但在公路上消耗体力顶风上坡时的艰难，骑久了屁股疼得没法往座儿上落的体验，大家是一样的。记得遇到从沈阳骑出来的东北工业大学的一位毕业生，说自己要骑车去北京报到，车后架上还带了一个大包。二八加重"红旗"，载重骑行，速度越慢越费力，车座上裹着毛巾，屁股疼得还是没法坐，看到我的铝合金车架的可变速公路赛车，尤其是我告诉他一天跑二百公里时，真的羡慕之极。

　　说来惭愧，我的长途骑行在1986年夏天之后，就基本上终结了。对于自行车的爱好，使我买车不久，就配置了在车后悬挂自行车的金属架，偶尔会载着车子到郊外的山路上过把瘾。十多年前，曾经在香山住过三年，我发展出一种新的爱好——速降，沿碧云寺塔后身盘旋的公路花一个半小时骑到山顶，实在骑不上去的地方，就推上去，然后十分钟降到出发地，我们租住的小院儿。我后来将这段路命名为尼采路，那是我沉湎于阅读尼采著作的年代。三年后搬离香山，我的两辆捷安特自行车被盗，此后认真的骑行就越来越少了。只在每周一天的汽车限行之日，从家里骑行去游泳馆，单程约半小时。

　　2018年11月我到柏林不久，就去周日的跳蚤市场买了辆旧自行车，花了120欧元，八成新捷安特，变速。这十年来，游泳是我的基本运动，到德国后，每天三千米，使我不再给自己增加另外的运动方式了，偶尔沿施普雷河（读了东方此书，我才知道施普雷河是易北河的支流）骑行，不过是兴之所至，兴尽而归。既没有长途骑行的计划，更没有把一条河完整地骑行一趟的雄心壮志。

　　我知道这些年来东方断断续续地一直保持着很认真的骑行习惯，特别是他去欧洲的旅行，沿莱茵河的骑行，是我从听说之时起就十分羡慕的一个壮举。阅读他的文字，分享骑行中的酸甜苦辣，我觉得自己负有义不容辞的责任，也感到非常兴奋。也许，我比普通读者更能体会那充满他的书里的，只有作为一名骑行者才能感受到的快乐。比如下面这段文字，舒缓的节奏，平淡的叙述，却包含着切实的感受，没有过长途骑行阅历的读者，很容易忽略过去。

> 下了火车，骑上车子的感觉是特别令人愉快的，甚至可以说是无与伦比的。仿佛世界上的任何人都不如自己在这一刻来得幸福和甜蜜。生命在这个时刻变得有了勃勃生机，有了无限的希望。自此顺着撒勒河潮流而上，沿着河边逶迤而行，一路风光旖旎，终于到了贝恩堡的时候已经是下午了。

三

德国人对于自行车的态度，东方的书里谈到了很多，我很有同感。他们是把自行车当作运动器材看待的，所以在变速器上做足了功夫，轮胎的宽窄，车身的轻重，功能上五花八门应有尽有。骑行者普遍戴头盔，很多人还穿专门的骑行服。在中国，自行车主要被看作交通工具，开发助力是其要务，电动车迅速流行，消费者考虑的是省钱和省力。从交通规划上来说，欧洲普遍有自行车专用道，从法律上讲这是一个路权问题，也给骑行提供了极大的便利。携带自行车在柏林，可以乘坐四种基本交通工具的三种，S班、U班、TRAM，只有BUS不允许。据我所知，在巴黎，携带自行车坐车，不需要买自行车票，在柏林是需要的。在柏林骑行的第一感受是，路上遇到的骑行者，普遍速度惊人，像是比赛那样，嗖的一下子，就从你身边超过去，眨眼之间踪影全无。一个源于他们从小的训练，体力耐力好，另一方面也是自行车好。德国的自行车，几乎全都是变速车，还经常见到带拖车的自行车，即使后面挂着拖车，速度依然飞快。在德国修车昂贵，修车人的举止，专业得像一个大学教授。我修过两次自行车，一次更换闸线，一次更换内胎，每次都在20欧元以上，都是当天送去，第二天才取回。

手机导航的出现和广泛使用，使我们在陌生地方的旅行，变得十分简单。我在柏林的骑行，有一半是随意而行，骑到哪里算哪里，或者用导航大致规划一下，然后凭自己的判断直觉向目标接近，有时候懒得动脑筋，就亦步亦趋地完全跟着导航走，在全然陌生的环境里穿行，然后突然就来到一个你非常熟悉的地方。这个好用的工具，让你很放松，任何情况下，都不怕迷路。它还有强大的检索功能，不仅能搜出周边的修车店，还可以告诉你近旁旅馆的价格。在骑行过程中，随时向你提供自己骑行的速度、到达目标的距离和时间，使你的每一次出行都可以规划得更合理。手指在屏幕上一点，周围的景点和对于它们的介绍，立刻呈现出来，你可以尽情无目的地瞎逛，陷入困境时点一下回家，道路规划立刻会弹出来救你。东方在莱茵河以及易北河的骑行，在意大利的徒步，不过是十多年前，完全没有导航的便利，感觉恍若隔世，技术的发展，真的是一日千里。

欧洲的大河，我最喜欢巴黎的塞纳河，在两个多月的时间里，几乎天天在河边徒步，走遍了它的每一座桥，米拉波桥、比阿盖姆桥、荣军院桥、亚历山大三世桥，叫作新桥的老桥。塞纳河展示于小巴黎的美，最适合于徒步，你要从它的那些历史典故丰富的桥上反复穿行，徜徉在凯旋门和卢浮宫之间，漫步于巴士底狱旧址，和刚刚失火烧毁了塔尖的巴黎圣母院，以及矗立着自由女神雕像的天鹅岛；历史和现实总是交织在一起，反复思考法国大革命，以及法兰西民族在王权和共和之间的多次摇摆，这个向全世界传播自由、平等、民主和人权理念的国家，它所经历的曲折和光荣，全都汇聚在巴黎，塞纳河就是一本打开着的法国历史书。

比较熟悉的河流是柏林的施普雷河、哈弗尔河，多次到水边散步，河里游泳，夏天还在施普雷河边住过一个多月，短期观赏过遍布城堡的法国的卢瓦尔河，维也纳的多瑙河，罗马的台伯河，佛罗伦萨的阿尔河，威尼斯的运河，最陌生的就是大名鼎鼎的莱茵河了，只在美茵河畔的法兰克福见过它一次，在桥上望了它几分钟。

莱茵河流域，自古是西欧经济发达所在，近代以来，更是早期工业化的桥头堡。在德国长期分裂的历史中，莱茵河畔商业化的城市，跟普鲁士勃兰登堡代表的封建诸侯领地，反差较大，前者从来不是政治强权。拿破仑占领期间，成立了一个叫作莱茵联邦的政权，管理德国事务。实际上正是波拿巴这个现代战争教父，亲手培养出俾斯麦和普鲁士军国主义高效能的战争机器。所谓的东方睡狮，不在遥远的亚洲，而是近在咫尺的德意志，日耳曼战斗民族，一旦被拿破仑唤醒，当然会有惊世骇俗之举。在法兰克福的歌德故居，咯吱咯吱响的木头地板和楼梯，将我带进歌德的书房。这位莱茵河哺育出来的德国伟人，推崇古希腊悲剧，迷恋意大利，崇拜卢梭，心仪莎士比亚，展示出非常现代的欧洲情怀——对于未知世界的无止境探索的巨大热情，歌德和《浮士德》，正是一位精神领域里的哥伦布。

　　我和东方这一代人的大河情结，恐怕很难去掉。它是构成我们的文学理想和人生理想的一个很重要的部分。黄河、长江，自不必说。我的出生地是太原，我见到汾河的时候，它早已经没有水了。这难道就是汉武帝在公元前113年写下《秋风辞》的地方，"泛楼船兮济汾河，横中流兮扬素波"；"少壮几时兮奈老何"。我望着那干涸多年的河道，曾经写过一首诗，题目是《汾河，我无话可说》。北京的永定河，也像汾河一样，早已失去了河流的本义，你最多只能说，它曾经是一条大河。金代大定年间所建的卢沟桥，因为日军1937年的炮击宛平城而更加闻名，长年是一条一滴水没有的干涸的河道，不知哪天起，为了使它配得上这座近千年的古桥，给它在桥的两边蓄了些水，再后来，拜南水北调伟大工程所赐，湖北丹江口的水，就在永定河古老的河道里安家了。站在古老的卢沟桥上，凝望着千里之外而来的江水，我有点儿一时无法理解，一条河的历史、河道和河水，相互分离的话，该如何定义它。欧洲的大河，很幸运，几千年来一如既往地流淌着。沿莱茵河骑行，是我可以想象的长途骑行的极致了。穿行于现代工业重镇和中世纪城堡间，穿行于如诗如画的德国风景间，犹如听瓦格纳的歌剧，一部连接着另一部，《莱茵河的黄金》《尼伯龙根的指环》《诸神的黄昏》。

四

在从雅典飞巴塞罗那的飞机上，跟我的邻座谈了一路，他叫Omar，是名意大利人，年龄不及我的一半，毕业于剑桥，现在瑞士工作，去西班牙探望他的表亲，他有很多表亲。来自混血家庭，父亲是天主教徒，母亲是穆斯林，他说意大利语、英语、希腊语、法语、西班牙语以及阿拉伯语。开始我们谈一些彼此去过的地方，谈威尼斯和因特拉肯，互相展示一些手机里的风景照片。后来他把话题引向抽象领域，我的英语就完全不敷应付了。特别是讨论宗教和神，我知道我无法说清楚我的宗教感，莫说用英语，即使用汉语，也是极端困难的事情。若是在二十年前，我会毫不犹豫地说自己是无神论者，或者相信人文主义，但今天却不敢这么决断了。我很想知道，他是如何把他父亲的神和他母亲的神调和起来的？Omar是当代欧洲精英的代表，欧盟、欧元和申根签证，以及国际化家庭、受教育背景，实际上正在造就年轻一代越来越超越国籍的欧洲人。在他身上，我感受到一个眼界开阔，思维敏捷，沉稳自信又生气勃勃的年轻人的魅力，对于古老的中国文化和思想，充满好奇心和探究的热情，很可惜我的少得可怜的英文词汇，令我无法回答他的诸多提问。假如哥伦布乘飞机，偶然坐了一名中国人的邻座，我想不过如此。欧洲人才的总趋势，是东欧或中南欧经济欠发达国家的青年才俊，向西欧发达国家的自然流动，犹如中国的内地偏远省份的青年，通过高考读研等各种途径进入"北上广深"。

另一个令我难以忘怀的意大利人，是在威尼斯盗走我腰包的扒手，我与他从未谋面，也许他盯了我很久，我却没有看见过他一眼，唉，这件窝囊事不提也罢。我在不到一分钟的时间里，不仅丢失了自己的全部欧元现金，所有的信用卡、银行卡、身份证、游泳卡、博物馆年票、借书证，以及国际驾照翻译件，甚至还有相机备用电池、存储卡、连接三脚架的卡座，令我在这异国的土地上，几乎寸步难行。即使仅从这个意义讲，威尼斯也是一座令人终生难忘的地方。

我很喜欢意大利，跟罗马帝国的废墟比起来，整个意大利都太小了，而且近代建立的这个意大利国，在伟大的罗马帝国面前实际上很尴尬。整个西方文明，全都是罗马帝国的继承人，无论维也纳的哈布斯堡家族，还是巴黎的波旁家族，连西班牙皇室，也从哈德良皇帝那里寻找与罗马帝国的血脉联系。德意志在衰弱不堪、四分五裂的年代里有一个牛吹得很大的名称，叫神圣罗马帝国。大英帝国在其鼎盛的19世纪，号称日不落帝国的时候，不容置疑地继承了罗马帝国的衣钵；美利坚合众国，俨然以当今世界的罗马帝国自居，否则就不能解释它的军事力量的全球部署。跟这些显赫一时或者不可一世的强国相比，意大利，实在是算不了什么。但我真的喜欢意大利，喜欢废墟一般的罗马。

佛罗伦萨实在是一座很小的城，阿尔河横贯，从圣母百花大教堂的塔顶，俯瞰全城，红顶白墙连篇累牍。从这里开始的一场叫作文艺复兴的运动，极大地改变了欧洲和人类的走向。但丁遇见贝雅特丽齐的那座桥，还是那座桥，样子一点儿也没有改变，美迪奇家族的统治，乌菲齐美术馆的收藏，全世界的人在这里排起长队。米开朗琪罗的大卫，为什么那么高，那个年代的人觉得，人应该那么高才对，那是一个精神高度——不需要更高了。大卫是人，不是神。文艺复兴时代，是欧洲文明对于人最有信心的年代，这信心就集中在大卫身上。

威尼斯建筑在一百多个小岛上，用四百多座桥连接，是人类海运时代的弄潮儿和商业帝国。总督府不仅有精美的艺术品收藏，还有世界上最精良的盔甲刀剑，由威尼斯主导的十字军东征，不去攻打耶路撒冷，却占领了君士坦丁堡。因为前者贫穷，而后者富足，威尼斯商人觊觎拜占庭帝国的财富不是一天两天啦。五百年前，威尼斯是全世界最先锋的城市和商贸中心，后来兴起的全世界的大都市，都是威尼斯的学生。威尼斯如今是衰落了，却依旧能凭借其美丽的风景、艺术收藏，特别是威尼斯双年展、威尼斯电影节，吸引着全世界的眼光。

罗马非一日建成，真的是这样，除非你下功夫去了解它的历史，否则你是无法认识它的。我读过的第一本关于意大利的书，是初中时读的长篇小说《斯巴达克斯》，后来从费里尼的电影里，熟悉了意大利语的发音。不过最喜欢的还是但丁、彼特拉克、薄伽丘，以及当代的卡尔维诺和刚去世的《玫瑰的名字》的作者埃柯。

从因特拉肯坐了一整天火车，到达威尼斯。一进入意大利境内，自然风光和城市建筑，跟瑞士有很大的不同，不仅是经济发达程度不同，人的长相和气质也明显不一样。德国、瑞士、奥地利，这三个讲德语的国家，也许应该包括说低地德语的荷兰，的确有很多共同之处。经济发达，社会诚信度高，秩序井然，居民普遍很理性。相比之下，欧洲三个拉丁民族国家，意大利、法国、西班牙，给人的感觉大不相同。希腊更加特殊，似乎与古代希腊的传统毫不相干，奥斯曼帝国统治希腊期间，雅典这座公元前五世纪伟大的帝国都城，沦落为一个小村子。

至少有四个欧洲，值得我们去用心探索。我只不过接触到其中的两个——拉丁欧洲和日耳曼欧洲，还有一个卡夫卡、米沃什、昆德拉、哈维尔的中欧，布拉格和布达佩斯代表的中欧，完全没去过。第四个欧洲，是说英语的欧洲，也是超越了欧洲地域的欧洲，包括由哥伦布的伟大发现而开启其建国历程的美国。

东方的这本书里，对于意大利一处墓园的描述，令我印象深刻。柏林施普雷河边的一处开满鲜花的墓园，更是我终生难忘的地方。巴黎的三大墓园，拉雪兹神父公墓、蒙帕纳斯公墓以及蒙马特公墓，我一个也没落下。名人墓和普通人的墓聚集在一处，各占一个空间，墓碑上刻着他们的名字，以及最重要的生卒年份。任何一个生命，都有属于自己的那一个历史时段。同样七八十年，或者一百年，伟人和普通人带来的和带走的东西真的有差别吗？哪个人不是赤条条而来，赤条条而去？《圣经》上说，你来自尘土，还要回到尘土。

顾城在一首诗里写道："陶瓶说，我价值一千把铁锤，铁锤说，我打碎了一百个陶瓶。匠人说，我做了一千把铁锤，伟人说，我杀了一百个匠人。铁锤说，我还打死了一个伟人，陶瓶说，我现在就装着那个伟人的骨灰。"

这是一个奇怪的链条，无论是谁，即便伟人，也并不居于绝对优势地位。成为陶瓶，还是成为铁锤，做个匠人，还是做个伟人，不仅涉及存活时间，还涉及时间的深度，以及最重要的，存在的意义。很多人的雷同，根源于价值的雷同，人人追求权势和金钱，眼里只有权势和金钱，认为那是唯一的价值，可以称之为价值盲。这样的人聚集的地方实在是一个价值贫困的地方。

虽然有四个欧洲，他们的价值观还是大体一致的，这是我敬重欧洲的地方。它不崇尚权势，而追求公平正义和人的尊严。这些价值，不是写在墙上的标语口号，也不是动听的辞藻，而是从人际关系和社会秩序中，在你看病就医的过程中，在日常生活中，从其制度设计和习俗中感受到，这个文化对于人的尊重和关心，是欧洲文化的灵魂所在。作为一个经济和政治实体，欧盟正面临着巨大的困难和诸多严峻的挑战，但是对于共同核心价值的追求，最终会让欧洲再次获得新生的力量。

五

一个男人四十岁之后，要对自己的面容负责。我们读过的书和去过的地方，我们走过的道路改变着我们，不仅塑造我们的内心，同时也塑造我们的面容。一张肥胖油腻俗不可耐的脸，实际上已经说明了一切。

在给东方的《德国四季》作序时，我提到了苦行僧式的享乐主义，这里想解释一下。表面上看苦行和享乐是自相矛盾，苦行僧克制、理性，是自暴自弃的反面，但目的性比较强，他们的种种受苦行为，是为了积累通往天国的资粮，最终的拯救属于上帝的恩典，或者对于佛知见的感悟和领会。苦行本身，不是苦行僧的目的。苦行僧是宗教情绪主宰着的人生，东方有所不同，他也苦行，但却是知性的，同时也是审美的，观察自然，用观察自然的眼光观察社会和人生，在获得理解的同时，也获得美的感受和陶醉。

享乐主义从字面上看，容易跟大吃大喝甚至胡吃海喝联系起来，大块吃肉，大碗喝酒，放纵感官，对于某些人也许是享乐，却与某些特殊体质的人无缘，这是基本素食的东方的脱俗之处。伊壁鸠鲁哲学主张的享乐主义，是理性主导下的适度的欲望满足，是关注当下和注重过程，最终达到情景交融、物我两忘的审美境界。

一名长期大量写作的人，一定是游走在自虐和自恋之间。他们一会儿是那个推石头上山的西西弗斯，一会儿是在湖水倒影中顾盼自雄的那喀索斯。我说东方是苦行僧式的享乐主义，着意于此。

欧洲的人生态度，我最喜欢英文的一个表述，叫ENJOY YOUURSELF，翻译过来，大意是，享受属于你自己的一段时光。

ENJOY YOUURSELF中包含着对于人生当下的肯定，享受属于你的一顿简单的午餐，享受属于你的一个下午的时光，享受此时此刻塞纳河边的黄昏。

在巴黎的街头，从宽阔的香榭丽舍大道到狭窄的街巷，到处都是咖啡馆或者酒吧；临街路边，放一张小得不能再小的几案，巴掌大的一个椅子，还带有靠背，一个人点一杯啤酒，可以静静地坐一下午。

这是巴黎人的红火，也是巴黎人的寂寞。

我想起了莱茵河边顶风骑行的东方，也想起了哥伦布。

ENJOY YOURSELF。

目　录

Contents

沿着莱茵河骑行

莱茵河是一条贯穿德国南北的大河，一条连缀着两岸无数审美的生活细节的河，一条优雅的河，一条诗意的河，一条可以沿着它一直走下去，一直走到大海里去的河。这样一条从始至终都完整地保持着亘古以来的自然原貌的大河，在当今的世界上已经是越来越罕有的珍品了，是这个星球上硕果仅存的一些深入人类所谓发达社会之中，还能全身而在的地理奇景之一。现代人如果要看一条标准意义上的河，要观察一条在后现代社会里依然保持着基本的原始样貌的河，莱茵河无疑是首选目标之一。

现在中国各城市的楼盘小区，为了极言自己的建筑环境之美往往就会起一个什么"莱茵假日"或者"莱茵河畔""莱茵河谷"之类的名字，可见莱茵河在汉语圈中被众人追捧的魅力有多么大了。"莱""茵"这两个专门为这条河而组词的汉字本身就充满了诗意，充满了译者对这条河的深情；这一译名让更多的汉语圈的人们对这条河天然地充满了审美的期待与憧憬。

古往今来，在德国、在欧洲，以莱茵河入诗、入画、入音乐创作的艺术作品数不胜数。班得瑞的音乐专辑《莱茵波影》赫赫有名，音乐给莱茵河画出来的像是宏大舒缓、幽静深长、生机盎然的。在中国，也有一首就叫作《莱茵河边》的歌，既有普通话版也有粤语版，还有纯粹的舞曲伴奏版；其中的节奏固然有滚滚流水不尽而去的韵律，但是更多的却是以中国文化为基础的想象，说明大家集体赋予了这条河审美的陶醉与崇高。现在，在书写着这一莱茵河章节从而再次置身莱茵河边的各种细节里去的时候，自己耳边就始终盘旋着这音乐的旋律，经久不息。

> 河流在细诉千百样旧情
>
> 河流在细诉声声叮咛
>
> 凝视你忧郁的眼我真不知道
>
> 你的心可会平静
>
> 河流像替我轻奏曼陀铃
>
> 悠悠地细唱心中恋情
>
> 摇着那小小花伞，看山色青青
>
> 你的歌可更动听
>
> 莱茵河边，像诗那样美
>
> 莱茵河边，清新的意境
>
> 童话式的堡垒添心中幻想
>
> 公主的恋歌今天最动听……
>
> 莱茵河边，莱茵河边，你是那么美
>
> 莱茵河边，莱茵河边……

吟诵式的风格里流淌着不尽的赞叹与欣赏，还有一种因为对于大多数人来说遥不可及、少有机会身临其境而来的美好想象，中国式的想象。

我有幸多次到达莱茵河边，更兼曾经分两次沿着莱茵河长途骑行，除了科隆到德国边境这一段莱茵河没有能完成之外，基本上从莱茵河上游骑到了荷兰鹿特丹入海的地方。关于莱茵河的印象，沿着它骑行的日日夜夜的记忆，算是在自己的心中格外深入了。在这一年里，那些还没有骑行莱茵河的日子里，脑子里经常会出现莱茵河水昼夜不息的流淌景象，还有自己在那样的景象里的神仙般的体验，所以充满了时不我待，必须赶紧到达它身边的急切；而那些在莱茵河边骑行的日子，则是自己时时刻刻都能意识到正身处巨大的幸福之中的时光；至于骑行过后的回忆，其甜蜜就更加久远而绵长了。

应该说，无论从哪一个角度上看，莱茵河骑行都是自己在德国一年间的审美顶点，是自己关于德国的记忆中最美妙的段落。因为不愿意漏掉任何一个有感觉的细节，所以只好将两次最主要的沿河骑行，采用逐日记录的旅行日志的方式来进行表达了。这也许会对日后的骑行者有一点点攻略的意义吧，尽管自己写作的初衷绝非攻略，也但愿能超越攻略。

甚至在莱茵河骑行之后很多年，我还一直认为莱茵河发源于博登湖，它是从博登湖边的康斯坦斯开始了自己将近1500公里的优美行程的。及至最近才在看地图的时候意识到，博登湖上游深入瑞士境内的高高的阿尔卑斯山上冰雪融化的地方，海拔2345米的托马湖（TOMASEE），才是莱茵河更遥远的源头。莱茵源头已经接近了作家黑塞晚年隐居的堤契诺山区，那块被他用诗书画诸多艺术形式歌颂过的土地，太让人神往了。

　　莱茵河从那里发源之后，被称为前莱茵河，在反复经过瑞士、列支敦士登、奥地利和德国之后，才到达博登湖。希望将来能有机会一游，骑车将那一段地势跨度最大的河边也走一走。对于沿河骑行来说，标准而完美的是从源头一直到结束，但是现实中的骑行很难臻于那样的科学层面与心理意义上的完美。一条河全部的地理风貌是很难为一个人全部敞开的，大致的甚至是浮光掠影的片段式的经验，才是人与河、与自然接触的常态。在你的生命中有幸、有机会拿出相当的时间来接近一条壮丽的大河，这就已经意义相当充分，完全可以无怨无悔了。

　　在博登湖西南刚刚形成莱茵河河口的地方，有一个著名的小村庄盖恩霍夫，那里是黑塞生活了十几年的地方。他在那里的生活具有理想国的性质，是最初成名之后在相当广阔的范围内寻找理想居所的第一个结晶。

　　莱茵河脱离开博登湖后形成两岸夹峙下的河道景观，蜿蜒而下，到了属于瑞士的沙夫豪森，也就到了柯南道尔小说里福尔摩斯最后失踪的那个莱茵河大瀑布所在地。英国风景画家透纳著名的作品《沙夫豪森的莱茵河瀑布》，所画的就是这个瀑布的景象。而真实的莱茵河瀑布，并不像想象中的那么高大，尽管声音很大，巨量的流水从落差很大的石壁上不断滑下所形成的巨响震动得大地不停地回响着。

　　再从沙夫豪森过瓦尔斯胡特（WALDSHUT）到巴特塞京根（BAD SÄCKINGEN）这一段，还都属于莱茵河的上游。2003年春天住在巴特塞京根的三个月时间里，有幸骑车或者坐火车经过这一带的博登湖边和莱茵河岸边多次；那时候第一次感受到了一条保持着自然风貌的大河之畔的美，第一次迷上了沿着一条河骑行的无限乐趣。在河边的长椅上小坐，喝啤酒吃面包片夹菜叶和萨拉米（肉片），看比风景画更为生动的风景；在河堤的自行车道上纵情驰骋，看德国人于河边垂钓、读书、跑步，或者牵着狗漫步。整个莱茵河边形成了一个人们休闲的画廊，形成了一个展现生活之美的舞台，让人怎么看都看不够，怎么走都走不完。

　　在那些沿着莱茵河的骑行过程中，曾经非常惊讶地发现莱茵河边的风景之中也还是夹杂着大量的工业区的，德瑞两国都沿着河布置了一些类似我们的工业开发区的专门的工业地段。好在两边都非常有节制地将环保设施安装使用到位了，虽然烟囱林立，但是空气中的污染基本上没有感觉到。这一段莱茵河基本上是德瑞边界，虽然也有莱茵河不是界河、河道只在瑞士的部分，但是德国的火车和公路也是有权经过的。当年两国不约而同地将工业区选择在对峙的莱茵河两岸，是不是也有一种以污染对抗污染的意味呢？情况不得而知，但是现实是在后现代的文明社会里，这种历史形成的对峙格局里又有了一种比赛着看谁环保措施更先进更到位的意味了。

　　在这样的地方骑车，是一点儿异味也闻不到的，除了视觉上看到工厂安静地伫立在莱茵河两岸外，连噪音也都很小。莱茵河上船舶往来，最多的就是货运为主的平底拖船，因为非常宽大所以装载的货物多而吃水却不是很深。除了货船，还有很多雪白的游艇和垂钓的小船点缀其间，显示着莱茵河作为一条休闲与旅游观光的河，兼具货运功能的同时，并未影响其优美的展现。

如果说河道上的风景让人看不够，那么岸边上的大树林荫、草地花开的背景中，森林翁郁的山峦起伏，教堂的尖顶高高地耸立在村落与城镇的上空的好景致就更让人很容易于不知不觉中就骑出去很远很远了。莱茵河边，竟然是这么美，这么美不胜收，这么一直走下去就可以一直看下去，所有的美都不重复，所有的美都在前方永远地等待着你的到达。

正是那一段沿着莱茵河偶然性的骑行，奠定了自己日后决心将整个莱茵河全程都走一遍的想法。而有计划的，长时间的，只以沿着莱茵河骑行为目的的两段骑行，是集中在2007年春末夏初的时候进行的。按照河流上下游的顺序而非时间顺序，第一段是：从巴特塞京根到科隆。

从巴特塞京根到科隆，历时七天

第一天：5月20日，到达莱茵河边的德国、瑞士边界处的巴特塞京根

开始的一天还要从意大利之行结束回到德国的日子说起。那天离开慕尼黑，经ULM，列车奔向斯图加特。

太阳逐渐升起来，将早晨的雾岚驱散，车窗外经常可以看到牛马在田野中自由地吃着草的景象，还有小牛、小马、小野鸭。万物在春天孕育、新生，在5月茁壮成长，一片和谐景象。从去意大利到回来，现在已经出门九天了，一直都是两个人在一起，虽然有伴儿，但是也互有羁绊；今天终于自己一个人了，眼前的

一切这才转回自己的内心！而心中一个更大的目标已经摆到了眼前，那就是梦寐以求的无拘无束、完全自由地骑行莱茵河。

　　火车在距离斯图加特还有一段距离的时候，突然发现已经到了自己去借自行车的同学老慕提到的那个应该下车的地方，内卡河上的艾斯林根（ESSLINGEN AM NECKAR）。时间不容犹豫，火车停车时间非常短促，于是就果断地下了车。

　　他们的驻地迈廷根（METTINGEN）距离这里还有一站，但是那里的车站火车一般都不停。只能等S-BAHN（郊区的区间列车）的S1来。它位于斯图加特和艾斯林根之间，虽然在这里等和直接去斯图加特然后再返回到那里的时间是一样的，不过根据节省人力、物力的原则，还是应该在这里就先下来的。去找老慕是要从他那里拿到自行车，有了自行车就可以开始自己沿着莱茵河的骑行了。一天来，就要有自行车的喜悦、就要开始莱茵河之旅的喜悦，一直让人跃跃欲试；在这样的满是期待的行程中深切地认识到：迫不及待实际上也是幸福的重要组成部分；不可或缺，缺了以后幸福就不够完美。

　　下了车，找到河对岸的外国学生宿舍公寓。一进屋立刻就给相机电池充上了电。经常露宿的旅行，遇到的最主要的问题居然是充电，这是不经实践绝对想不到的。很多时候都仅仅是为了充电，当然同时也为了洗澡，才在露宿几天以后住一次旅馆。在空无一人的公共厨房里煮了点儿吃的，躺了一会儿。把磁盘里的照片导到了移动硬盘里。在相机充电的这几个小时里，自己如果就此睡觉的话，是一种很大的浪费。刚才火车过艾斯林根，感觉那小城是值得好好看一看的。

时机只有这么一次，于是马上就骑车出发了。所骑的车子是此次来这里的最重要的目的物，因为正好老慕需要把车子带到比勒菲尔德（BIBLEFELD），而自己沿着莱茵河骑行用这辆车子，然后负责把车子放在比勒菲尔德就可以了。这是一辆粗轱辘的二六山地车，前后都没有挡泥板，行李只能用双肩挎背在身上，包括睡袋和防潮垫也都要背在身上。后来在实际骑行过程中，一些常用的东西背在身上比较麻烦，也就用一个布兜绑在了车把上。车把上有码表，可以清楚地看到骑行距离的变化。

骑车奔驰的自由之感，有前面多少天里在意大利一直都是步行着的对照，尤其显得强烈。像是一下子突然有了超能力，不必再用脚步慢慢地丈量，而可以一下子就跑出去很远很远，风驰电掣，如有神助。

自行车道沿着刚才乘坐的S1线路，在内卡河边葱茏的堤坝上笔直地向前延伸；周围一些不高的小山坡上，都是近乎直立起来的葡萄田。葡萄田形成的竖立起来的绿色线条，是这个季节里德国大地上一种相当有特点的景观。刚才还必须等车的不自由，现在则已经是或行或止、或快或慢全凭自己的意志的潇洒、随意了。其实，与其说自己是要看那个古老的小城，不如说自己是急于先骑上自行车跑一跑，骑车的美妙感受已经让人迫不及待。到达这个小城的时候，有一道非常现代化的钢索桥横跨过内卡河和铁路，让人直接可以骑车或者推车进入古城。这道桥纯粹的现代材料、现代格式，显然是有意为之的；这道钢索桥的现代化的简捷与坚固、不锈钢的金属光泽与古城那种古代的庞大与稳重，与石块垒砌以后历经风雨之后的暗黑的颜色，形成了一种颇为有

沿着内卡河去艾斯林根的自行车道

趣的比较。这是德国人在城市建筑上的审美考虑，不仅是单独的建筑本身的审美，更有整体格局上古代与现代的对比考虑。就像是种在丘陵山脊线上的那些距离相等的苹果树一样，不单纯是护道树，同时也是从山谷里、从平原上遥望山峦的时候的视觉停留点，审美想象所依托的地方。一个民族，一个国家，只有在这样属于大地审美的细节问题上拥有了普遍的自觉，才是真正的发达与幸福。

　　艾斯林根果然很美，老街、老巷、老教堂，石头街道、石头墙，完全保持着中世纪的样貌。尤其是教堂外墙上那牺牲的圣者卧在那里的雕像，只从形象上看，就有着一种非常感人的力量。古城旁边的小山，山脊上有一道长廊一直上到山顶，形成一道山脊上

山坡上有廊的城墙

的长廊，这在整个德国甚至整个欧洲都是非常特殊的景观了。

　　走进长廊才发现这其实还是一道墙，墙冲里的一面是带篷的长廊，冲外的一面则是高大的石头墙。古代的时候，这显然是具有防御功能的一道屏障，是一段带屋檐的长城。长廊里，这时候正三三两两地走着悠然的登山者；大家穿着都很整洁，行为非常规矩，与意大利的类似景观里的那种混乱、嘈杂形成了鲜明对照。德国人的秩序贯彻到任何场合里，工作有秩序，看演出有秩序，休闲也一样有秩序；几乎人人都是站有站相，坐有坐相，像是直接从理想主义的绘画或者舞台上照搬下来的。安静的理性已经成了普遍的民族性，秩序的规则意识已经深入到了骨髓中。随着长廊的逐渐升高，山坡上整齐的葡萄田像是被梳子刚刚篦过一般有着非常整齐的畦垄，春天的新绿色还没有完全脱尽的葡萄藤将整个山坡装点得如同大地艺术一般诱人、耐看。仿佛它们的使命不是未来要长出葡萄来，而就只是为了眼前的审美。

　　下午两点多骑车到了S-BAHN车站，搬着车子坐上S1以后，刚刚领略过的周围碧绿的山水景致迅速后移，很快就到了斯图加特。

　　斯图加特属于故地重游，人还没有到便已经感慨良多。到了斯图加特，一点儿也不像游历其他那些从来没有交集过的城

斯图加特火车站

市，在这里没有去那些尚未到过的未知的地方，而只去了那些我曾经到达过的地方。尤其是从眼前这个灰色的楼顶上有着巨大的奔驰车的车标的斯图加特火车站出来，稍微一转就到了的，被我们——我和我的儿子，在四年前命名为席勒广场的地方。这里有一座高大的席勒雕像。

阳光正好，草色正浓，树荫正凉。触目皆是做日光浴的男女，漫步的德国家庭。看见人家全家，至少是和一个亲人在一起享受生活、太阳浴、野炊、唱歌、跳舞、散步，而自己永远是孤独地作为观察者而存在着，突然感到自己的孤单被放大了，甚至有了几分荒唐的意味。不过这种因为怀旧而惆怅起来的情绪，马上就又为对即将展开的莱茵河之旅的期待所驱散了。沿着莱茵河的骑行，那将是一种居家生活里无论如何都不能完成的梦想，而这个梦在自己这里马上就要变成现实了！一旦实现了这个梦，在以后漫长的家庭生活里自己岂不是就多了一份回忆与讲述的材料，多了一份生命的沉淀。

的确，眼前也正是回忆将这种孤单做了夸饰，是回忆让人深深地陷入对亲情的无穷回味里。这种旁观式的生活，让人无比怀念四年前拉着儿子的小手面对这崭新的世界时的情景。

欧洲人在享受难得的晴朗。水边的法桐高大粗壮，把树与树之间的小路都挤得窄窄的。空旷的草地上有人脱得光光的晒太阳，扎眼的肉色像是碧绿的草色中的某种奇特的果实。树林里那个需要全身运动才能玩的巨大国际象棋棋子的位置，照例还是有很多人在围观，围观两个下棋的人不断地在巨大的棋子之间走动和搬动所形成的棋局。旁边的石头桌子上则有人在下正常大小的

玩立体国际象棋的人依旧很多

国际象棋，同样也有很多围观者；围观者将自行车靠在椅子上，靠在树上，像中国的公园里的围观者一样背着手、低着头，津津有味，乐此不疲。长椅上也有人不大文明地躺着酣然入梦，周围是带着孩子的大人和跟着大人的孩子，你若一直盯着他们鸟儿一样的兴奋与无规则运动的轨迹的话，就会眼花缭乱起来。

或许个别人会看我这个亚洲人一眼，心里一定暗想，一个看什么都新鲜的亚洲佬，举着照相机照啊照，多么可笑。我这一回，不再顾及别人怎么想怎么看，举着相机连拍一样地照着，都是四年前我和我那还是个儿童的儿子一起走过、一起跑过的地方。卖冰激凌的流动货车当时就在地道桥口，公园绿地边缘上的一个玻璃钢的建筑是科技展览，水池边上喂天鹅的女人这一回是一个男人，鹅黄的中国柳这一回已经黑绿如潭。

从席勒广场到高坡上的动物园之间，有一处荒草萋萋之中的宫殿建筑，包括附属于这个宫殿的几何曲线的花园。那些一米多高的所谓"荒草"，实际上是精心培育的结果。而玫瑰花正攀缘着盛开在无顶的长廊中，正投下烈日中芬芳的阴凉。顺着这样的历史与自然结合得天衣无缝的坡地向上，有一条绵延的小路，直接通到了斯图加特动物园的"上门"（想必是在坡下的位置上还有一个地势低的"下门"）。这里依旧人流如织，当年儿子一再要求进去看看，无奈已经没有时间了。

当年我们疾走到门前，隔着栅栏门望了望那些懒懒的动物，那可以望得见的不愿意动的白熊，还有一直站在那里吃草的山羊，如今依旧是不愿意动或者在吃草，这么多年以来好像一点儿

动物园的上入口

都没有变。当年我们匆匆看过它们一眼以后，就斜穿过倾斜的大坡上的草丛，以直线的方式向火车站狂奔起来。赶火车，要尽量赶上最后一班火车。跑得儿子小脸通红通红的，实在跑不动了的时候，他请求休息一下，我说再向前一百米吧，再向前一百米可以坐下来休息一下。等终于可以坐下来的时候，儿子指着池塘边的中国柳的鹅黄说，它们真的叫中国柳？我告诉他那只是你这个仅仅离开中国两个月的爸爸的命名。那几乎是这里唯一一种我们在国内见过的植物，算是中国的代表吧。儿子笑了，挂着汗水的红脸蛋上立刻就绽开了满满的灿烂阳光。

在条形的席勒公园，因为要赶时间急着向回走，飞快地走，儿子走得肚子都疼了，但是我还在鼓励他，说咱们能不能顺利地赶上火车，就看你了！我们狂走疾奔的速度超越了一向以大步快行著称的西方人。我们这气喘吁吁的父子和这公园里的悠闲形成了巨大的反差。经过来的时候就已经惊叹过的两排高大粗壮的大树（来的时候只惊叹了一下，是因为它们位于公园的这一边而被我规划为回来的时候走的路线上，属于回来的时候再看的风景。而回来的时候的疾走状态，则只能来得及照上一张相），再次到了卖冰激凌的小车的时候，他又提出了要买冰激凌的要求，但是已经没有停下来的时间了。他非常泄气，我赶紧搂着他，鼓励性地捏了捏他似乎也噘着嘴的小肩膀，急急地说没有时间了，然后拉着懂事的儿子、回头望了好几次的儿子，直接跑进站，跑上车。

汗水在我们坐定了以后源源不断地渗出来，儿子和我肩并肩地坐着，他喝水，用不大干净的小手，吃撒拉米肉片。小孩的情绪恢复总是很快的，坐在座位上的儿子红着小脸吃面包夹肉片的时候，似乎就已经将刚才没有吃到冰激凌的遗憾忘掉了。

包厢对面，准确说是斜对面，坐着一个德国老太太。因为一个包厢里只要有了人，别人一般就不进去了，而所有的包厢都有了人不得不进去的时候，也是尽量不面对面。斜对面的德国老太太，以那样的目光望着儿子津津有味地喝纸盒装的饮料和自己家里带来的面包加肉。那神态里，或许有对于儿童的天然的爱意，也或者有因为外国人的行为与本国的习惯有不合之处而生的诧异。在公共场合里，我们这样的急迫大约已经属于失态的范畴了。其实，人是很难永远四平八稳的，任何人都不例外。不管她吧，生活的真实永远有它无可置疑的道理和根据，任何按照平静生活的逻辑总结出来的规矩这时候都是苍白的。

事隔四年以后，自己这次骑车走这公园，很快、很流畅，快

席勒公园门口的冰激凌车

大树参天的绿地路径

和流畅到了让自己惭愧的程度；因为想起了四年前和儿子在这同一位置上的汗流浃背的疾走。尽管现在自己还有很多时间，但是一点都不想再转，不想再像自己在别的地方、别的城市那样探索未知的地方。关于斯图加特，只重走当年和儿子一起走过的路就够了。

　　四年前的那一次坐的也应该是这一天里最后一趟车，18点18分的，而这回自己就不怕，因为知道20点多的那趟还可以到瓦尔斯胡特，然后再骑车就可到达巴特塞京根。有自行车垫底，在路程上便没有什么可怕的，十几公里、几十公里都不在话下。不必赶，也不必急。当然，这一回的到达和原来的到达已经不一样了，现在的到达又有什么意义呢？赶到了那里也不再有迎接自己的妻子儿子。当地的退休老教授虽然给过很多帮助，但毕竟不是投宿对象，自己这样沿着四年前的路"回家"，只是在那个曾经是家的地方找一个合适的、不冷的地方露宿而已。这样的前程就使人在整个行程中有一种唯恐太快，早到了也没事可干的消极的平和。而实际上，在欧洲，在生活中抱有这种消极的平和的人并不在少数；良好的社会保障使一些人宁愿过这样不富裕但是也绝对饿不死人的平和日子。

　　自汉堡出发去意大利到今天，十来天之后才终于开始了自己的自行车旅程！又一次意识到那种一般意义上的乘火车、坐飞机到著名景点的旅游是多么无聊。哪怕是自己刚刚进行的意大利之旅，也有着太多不自由之处，那终归是在目的地上接近于普通的旅游团，接近于一般性的孩子和老人的旅游方式吧。一个有体力、有思想的成年人，就应该以自己现在这种单独的方式行走，单独骑车，还露宿，不受任何人的限制、交通工具的限制和食宿条件的限制；而所浏览的所观看的，也不是什么固定的景点，而是整个大地山川与河流，是人们生活状态中的全部自然与偶然的细枝末节。

　　因为已经连续出门多日，每天暴走加上露宿，没有洗过衣服，模样和着装都是可以想象的。这样的时候，在火车上，一些德国人对你的另眼相加的表现形式是把你给晾起来，不和你说话，不和你同座；而你身边明明有一个空位。一个人本来在这排座位上，看见你来了，马上他就走，宁肯坐到旁边的自行车车厢侧座上去。

　　这样的情形应该说对人有相当的打击力，让我想起了罗马的那个小区里那个想问一下过路的人时间的黑人。在不是自己的国家里，遇到这样的情况，只能是耸耸肩膀自嘲一下了。还好，旁边最终还是来了一个人，还是一个未完全成年的小伙子，一个少年。

　　6点多乘火车离开斯图加特，晚上将近9点到京根（SINGEN），下去倒车。坐在站台上的长椅上，守着自己的车子和简单的双肩背包。一群孩子从火车上下来，下来以后几个带队的大孩子点数。其中一个姑娘用手点着一个一个的脑袋数数，点到坐在椅子上的我的时候她也没有隔过去，但是马上又意识到了，我们相视而笑，大家都笑了。这样，刚才在车上被人躲的不快也就逐渐消散了。偶遇的遭际往往会被敏感的外国人放大，其实经常和种族之类的严重叙事没有太大关系，只是偶然，或者是源于你的卫生状况、整洁程度的小小事故而已。

　　京根是莱茵河上游上一个重要的德国城市，距离博登湖很近，是一个重要的火车枢纽。当年带着儿子从博登湖回来的时候，利用在这里倒车的一个多小时时间，曾经夜游过京根城。整个城市不大，街上人极少，除了车站周围有些准备上车的人之外，别的地方再难见到人影。在阒无人迹的街道上漫步，经过某处通往地下室的通道口的时候会猛的有剧烈的音乐传上来，原来与街道上的安静形成鲜明对照的放纵与狂欢都在地下进行着。回到车站，有一个穿着与夜色一致的黑衣服的老女人递给我们小册子，等她终于结束了自己滔滔不绝的热情讲述离开了以后，我们认真研究了一下那小册子才明白，她是在布道。这样片段的印象

点完数以后上火车的孩子们

如今在这再次到达的夜晚，再次变得清晰起来，面对博登湖和莱茵河岸边的去掉了树冠的大法桐林荫道，和林荫道下的长椅，自己陷入了悠远的思绪之中。

这样有点儿魂不守舍地坐上了晚上9点的车，车上和一个推着车子的女人说话，她是巴特塞京根人，但是因为是夜间行车，外面一片漆黑，她居然提前一站就引着我下车了，下去我一看不对，这一带路边的景物自己在四年前都曾经不止一次目睹过，显然是还没有到！赶紧告诉她快回火车上去。于是她赶紧随着我再把车子搬上了火车，笑着说自己不认识家了。又上车以后几分钟，才真正到达那个莱茵河边的小镇，被命名为欧洲最美的二十个小镇之一的巴特塞京根。

　　站在火车站站台上，一切都和四年前是一样的，周围的细节都没有变，我一眼就能看出这熟悉的小城来，在无数个类似的德国小镇里，它总是有诸多只有它自己才有的地势与建筑格局的特征的。那个推车的女人下车以后看我站在站台上没有离开的意思，就先走了；那种德式的大车子，把她整个人都对比得很小。一群学生也都走光了，只剩下了我自己。火车也走了，只剩下绵延无尽的铁轨固执地指向黑暗的远方。

　　火车站已经没有另外的人了，我一个人站在站台上，迟迟没有动，一方面是因为略带伤感，一方面还有点现实的问题：肚子疼！莫非是在同学那里吃饭的时候有什么东西不对头了？慢慢地推着车子出了站，走到原来住过的楼下，向楼上张望了张望，本来预计要感慨一番的，但是内急使人无暇他顾。马上就沿着市中心通向双塔教堂的石头路到了莱茵河边。通向瑞士的廊桥上灯光点点，滚滚的流水上反光持续不断，将流水经过这里的形状和波纹清晰地映照了出来。走到这里已经无论如何都憋不住了，只能在一边的树丛里解决了一下身体问题，再出来的时候就变得很虚弱了。好汉经不住三泡稀，此之谓也。在河边坐了好长时间，休息了好一会儿，然后才骑车慢慢绕了一圈，上了那木质的廊桥。

　　廊桥是德国、瑞士共有的界桥，中间画着一条线，那就是国界。不过没有一兵一卒，连保安也没有，交通完全自由。一直推着车子走到了瑞士那边，到了原来和儿子一起玩过雪的地方。坐在那里可以回看德国，但是总是有些不安，发了一会儿愣。之所以在这把椅子上会有不安的感觉，是因为当时持德国签证是不能到瑞士的。当然，因为就居住在边界上，而且这里不能走机动车，实际上瑞士人并不真的来查。

在瑞士发了一会儿愣，再从廊桥上推着车走回德国，一路都在看着什么地方适合露宿。现在的桥上虽然没有什么人，也是木板结构，有天然的木地板和木屋顶，相当于一个木头房子，应该算是比较理想的露宿地了，在几处稍微凹进去一点供奉神像的地方，自己几乎就要停下来铺睡袋了；但是这毕竟是个桥，来回走人的几率太高了，被发现和观看的机会太频繁，只能放弃了。

在城里转来转去，最后还是选择了原来的住家后面的那个商场的大门台阶上。这里一向是少年们玩滑板、打闹的地方。现在没有人，长椅后面紧挨着玻璃窗的地方有一条宽宽的缝隙，正好可以躺下一个人。躺下之前，先在长椅上坐了一会儿，望着原来自己住家的窗户，很是感慨。当年自己无数次从那个窗户里向外面遥望，包括自己现在坐的这个超市门前的长椅的位置也是经常看到的；当时怎么也想不到，四年以后的有朝一日，自己会在这里露宿！

广场上有了几个人，是刚刚开车回来的，关了车库门说了几句话，走了。从很大声说话可以判断，是土耳其人，不是德国人。他们消失以后的安静与寒凉里，再无人迹。为了缩小目标，我把自行车放倒锁在了椅子腿上，然后迅速把防潮垫铺上，把睡袋展开，躺下去。

这是自己沿着莱茵河骑行的第一个夜晚，充满了兴奋的期待与劳累以后的香甜。意大利之行的疲劳还没有散去，莱茵河的兴奋却已经到来了。人生说不定什么时候就是一个高峰，自己的此时此刻大约就已经是那种百金难求的人生的一个高峰期了。是的，虽然露宿街头，但是的的确确是人生的高峰。在人生的高峰里，有谁想到过吃和睡？

远远的，似乎还能听到莱茵河水清晰的流淌之声呢。最后睁眼看了看天上的星星，很快就睡着了。

第二天，5月21日，从巴特塞京根到新堡（NEUENBURG），150公里

5月21日早晨，从商场的台阶上醒来的时候照例是天色刚刚有些向着明亮变化的5点。起来整理收拾好以后推车到了市中心的水池边上洗漱，这样的洗漱以前好像在欧洲那些流浪汉电影里见过，而事实上也正是观看那样的电影的经验使人意识到水源的所在的。

然后开始慢慢地骑车转整个小城。原来有记忆的地方几乎都一一走到了。有乒乓球案子的莱茵河边，有吹喇叭的人的雕像的公园，经常是一个人也没有的火车站，儿子曾经上学的学校，甚至是莱茵河拐弯的地方一棵倒地的大树的树干上，也又坐上去待了一会儿。小城实在是很小。也许是因为自己已经在德国生活了将近一年了，原来的新鲜感消失以后再想寻找第一次来的时候的令人欣喜不已的味道已经很难了。2003年的时候第一次出国，第一次达到德国，一切都是新鲜异样的，一切都充满了异数。面对异国他乡这一块运转得非常秩序非常理性的土地，面对保持得大约就像我们的唐诗描述的那么好的自然环境，每天都像是生活在一个不真实的梦里。而现在第二次来的时候，孤身再来的时候，就更多的是回忆，是关于那时候与亲人在一起的点点滴滴，是那

莱茵河的早晨

时候巴特塞京根自然环境给自己留下的深刻印象。

送儿子去上学，参加家长会，一起去爬山，走进茂密的森林，顺着莱茵河一边走一边说，滔滔不绝的话和滔滔不绝的水相随相伴；最后离开德国的时候因为妻子正出差，就只好让孩子自己生活几天了，头一天晚上嘱咐了又嘱咐，等早晨离开的时候他还在睡；自己就那样让孩子一个人睡着而关了房门，提着行李去了车站，到了机场打电话回去他早已经醒了，于是我说了关于一个人生活几天要坚强的话……

巴特塞京根郊区的那些带前后院子的两层小楼，一幢挨着一幢，每一幢都是独立的，都有独立的小院。独立的小院都带一个小小的花园，花园无一不向着马路；向着马路的花园正中通常是一棵苹果树或者一棵玉兰树，不管是苹果还是玉兰，一年四季都不加任何干涉，开花结果，自生自灭，花朵或者苹果掉在地上，没到泥里都没有人去管。地面上是那种粗看好像原始，实际上是精心买回来的树皮肥。细小的树皮与树皮之间的缝隙里已经长出了各种各样的花花草草，其中总是有一种叫作复活节花的，在早春很早很早的时候，在树上的叶子刚刚萌动的时候就钻出了地面；先是一个嫩嫩的骨朵式的头，然后是逐渐舒展开的叶片，叶片中间伸出长长的茎秆，然后开放了五颜六色的花。这些五颜六色的花开得灿烂明媚，与3月底4月初的天光云影上下辉映、相得益彰。

那是春天里第一番浓郁的色彩，是院子里的人守望春天、

儿子当年上学的学校

判断人生的又一个喜悦期来临与否的最直观的对象物。其实院子里是很少有人的，你很难在院子里同时看见两个以上的人，一大家子人一起在院子里坐卧的情景就更罕见了；大多数时候是没有人，或者只有一个步履蹒跚的老头老太太。他们弯着腰在小心翼翼地拾掇着院子里的花草，在又一年明媚的阳光里，用类似无知无觉般的劳动来表达自己对时光的珍惜。这样的又一个春天，是不是自己的最后一个呢？他们在爱的时候，在喜欢的时候，背景里总是出现这样一个模糊的声音，一个自己对自己的追问。这使他们的爱更淋漓尽致，甚至更刻意、更有形式感。在一切都有充分保障的高度发达的国度里的生活，在幸福之中的生活，实际上每个人都十分珍惜。

　　记得某一天从自己居住的楼上的窗口望下去，石头路面的老街道上正有一对瑞士的老夫妇参加完复活节狂欢以后返回自己的车边上，准备上车回国。老太太把老头刚刚脱下来的上衣，仔细地穿好撑子，平平地放在后备厢的一个大盒子里，盖上盒子，再盖上汽车后盖，这才一起走向车的前部。分别开了两侧的前车门，将那辆硕大的轿车轻轻地缓缓地启动，流畅地开走。十几分钟以后，他们就能回到瑞士那边的家。这个参加复活节游行之后的小小的细节里，充满了长期雅致从容的生活培养起来的精致习惯，让人记忆尤深。

　　四年前，在这里的复活节游行中，曾经与从黑森林里走出来参加活动的整齐地呼喊着什么特定的口号的山民有过些接触，他们热情地端上一种温热的酒，喝下去温暖而辛辣。这样的经历为自己后来的阅读提供了重要的参照：他们健康的脸色和淳朴的笑容，还有明显是因为长期处身自然之中而带出来的直接与明澈，都让人难忘。而自己那些在雪中雪后的大森林里步行的经历，即使是当时没有记录下那么多的细节，现在也完全在阅读瑞士作家的小说《山中水晶》这样的文本的时候作为自己想象的背景了，那些在自然中的经历（哪怕是无意的经历）实在是心灵之中最可宝贵的财富。

正是在巴特塞京根的森林中才体会到，林子中有一种比眼睛看到的世界要硕大得多的存在，它并不总是无声的，常有沙沙沙或呼呼呼的声音在高高的空中的什么神秘的所在持续地响起来，使人不断被提醒，在这阴凉幽深的林子里，除了你自己与林子以外，始终都有另一个看不见的世界。

巴特塞京根的纯美自然的环境，透明的空气、澄澈的大地和林莽，让已经在污染与嘈杂里生活了太久太久的自己，在最初的兴奋之后，很快就陷入了一种长久的忧郁之中。因为周围的绝对纯净的自然环境而无时无刻不意识到自己身在异国他乡，失去了根、失去了旧有的土壤，也失去了亲朋好友而处于漂泊之中。这样的忧郁在寂寞的周末，在清凉的早晨，在悄无声息的黄昏，都可称剧烈。倘无相对固定的经济来源，没有按部就班地要做的事，它就会愈演愈烈。它不时地袭击着无根的漂泊者，让人深切地感到了啮心之痛……

现在，这样断断续续地遥想着，在邮局银行的自动柜员机上取了300欧元。转来转去，再回到车站广场上的时候看看时间已经差不多8点多了，就给原来认识的弗莱堡大学的老教授海克曼先生打了电话，然后骑车过去。还想走直接上坡的老路，但是那条路大约是因为不很正规而已经被卡断了，只好去绕。自己的方位记忆还是不错的，还是一下就走到了老教授家的门前。

　　按铃进去以后，先和教授夫人说话，然后老教授下楼来。以后的将近两个小时时间里，一起吃了早饭，一起照了相，还充了电。从汉堡出发之前给他们邮寄来的保定铁球，他们已经收到了。在电脑上转换照片不成功，只给妻子发了一个简短的信息。然后便依依不舍地和他们告别，出了门，骑上车，由此正式开始了一个人的旅程。

　　那时候阳光灿烂，11点30分，正是上午的大好时间，顺着莱茵河河边的小路走，这些小路只有对当地非常熟悉的人才知道，才熟悉，才不会走错！每一处都能勾起自己四年前的记忆，哪里是自己经常散步和驻足的莱茵河拐弯儿的地方；哪里是众多的花

老教授和家人在一起

树形成一个林荫的胡同、对岸的瑞士人家透过树叶和花朵依稀可见的地方；哪里是田野里等距离地矗立在一条丘陵弧线上的一排苹果树……

　　这样故地重游的段落非常美，心情无比舒畅。一切过去的喜怒哀乐都已经随风而去，一切怀旧的惆怅都已经如烟云般在阳光里散开，骑着车奔驰着，甚至想高歌一曲！而实际上嘴里一直是在哼唱着的：莱茵河边，莱茵河边……

　　走到下面第一个村子的时候，河边上有处水管，停下来接水，接了水以后一推车，发现后带没有气儿了！这是骑车旅行中最常遇到的问题，虽然早已在意料之中，但是一旦临头而至，还是有一种极大的不情愿。不情愿也没有办法，补吧，把车推到河边一棵大树下，利索地拆了带，可是气管居然打不进气去。打不进气去也就意味着无法完成补带了！天啊，问了问，最近的能买到气管的地方就是巴特塞京根了，没有别的选择，只好推着车回去。刚才一路欢歌、轻轻快快地走过的路都不得不一步一步地重新步行回去了。

　　路上碰到有骑车而过的人还一个一个地向人家询问带没带气管，均无果。这是实在需要帮助的时候的一种不大在乎仪规的求助，显然是有点冒失和唐突的。在市边上进了一个像是以前不曾有的新建的大型超市，进去问了问，也没有，都是土产，如花盆和花，花架和割草机之类的园艺工具；再没有别的办法，只好老老实实地一步一步地走回市中心去了。

　　去了原来住家附近的那家超市WOOLWORTH。进去买了气管以后出来一试还是不行，回去又换了一个多用途的、贵的，但是打了几下以后又不好使了，就又去换了一个。自己都觉着不好意思了。去换的时候车子和行李就放在商场外面，虽然这里的治安情况很好，但是事后想想还是很冒险的，万一丢了，旅行就进行不下去了，那代价就太大了。越是有事越是不能慌，否则因小失大，追悔莫及。至理名言呀。

在超市门口，在一个小孩一动不动地注视下补了带，再次骑上车，再一次离开巴特塞京根，真正的离开，这时候已经是下午两点一刻了。从昨天抵达巴特塞京根，看到巴特塞京根，到今天离开巴特塞京根，返回巴特塞京根之后真正离开巴特塞京根，每一条道路每一栋建筑每一棵树都让自己有心痛的感觉，着实是边走边叹。这是来德一年以来最有感情色彩的一段旅程了。

很快到了几个小时之前刚发现扎带的地方，小心地感受了一下，车带显然还是鼓鼓的，没有再次瘪下去！过了第一个村子，到了原来和儿子一起来过的"天鹅家"，也就是莱茵河边上一块栖息天鹅特多的湿地，坐在长椅上吃饭。看见我吃饭，野鸭和另外一种鸟都带着孩子来了。野鸭很厉害，把别的鸟轰走，自己独守在我面前，吃我掉的面包渣儿，吃我递给它的食物，它叼到嘴里立刻就返身给自己孩子送了过去，而且马上就又扭过头来接着要；中间没有任何犹疑和中断。

四年前，自己带着儿子来这里，正看见一个老太太带着小孙子在这里"写生"。不是画画，而是用笔在纸上将眼前看到的一切以文字的形式描绘下来。那种对孩子的教育方式给了我很深很深的印象。那是生活在纯净的自然里并且充分利用了周围纯净的自然环境的一种生活方式和学习方式，那种生活方式和学习方式不仅科学，而且很美。它像莱茵河边的天鹅野鸭、林荫花草一样，都是整个良好的人与自然相处的最佳生态状态中的一个优美细节。

　　继续向前，离开这片芦苇丛生的湿地，路边上竖立着一块牌子，写着KASSE，这是无人售花的摊位的收钱箱。后面的田地里，塑料棚下就是花田。想买花，自己到地里去挖即可，钱就放在这块牌子下面的一个箱子里就行了。叫作TULPEN的花，是0.45欧元一棵，NARZISSEN是0.3欧元一棵。这块牌子的最下面写着一句话：只有付款以后的花才能带来愉悦和朋友。"愉悦和朋友"这个词是这么写的FREU（N）DE，不带括号里的N是"愉悦"，带上以后就是"朋友"了。看来在这种普遍文明水平很高的状态里，也还是有不那么自觉的占小便宜的人的。但是这种无人销售的形式本身就是当地总体的文明水准的一个标志。从这里就完全

路边的无人售花处

可以想象大多数人所处的诚信状态。荒郊野外，没有摄像头，也没有他人的目光，只有高高的上帝在看着；怎么做，完全靠你日常的素养养成与行为模式的自然导引了。

从这里再顺着莱茵河向下游走，还有一段相当长的距离是四年以前走过的，不过这一次因为目标远大，所以超越以前的记录就显得轻而易举了。四年前沿着莱茵河向下游方向走到的最远处，是一处河边的庄园，几处巨大的由长了很多青苔的黑色石块垒成的粮仓式的高大建筑之间，是仿佛古人踩出来的步行小径。虽然是古迹，但是一个人也没有；没有管理者，更没有游客。就以原始的样貌呈现在那里，静静地守着永远流淌的莱茵河水。这与以前在电影里见过的欧洲的古代庄园的印象是完全吻合的，过了四年再来这里，一切都还照旧，什么都没有变。

骑车匆匆而过，很快就到了路牌指示出现BASEL（巴塞尔）字样的路上了。

到巴塞尔之前先到了一个小镇，先是离开河边，后来又回到河边。问一个正弯腰做着园艺的女士，她说去巴塞尔就是这条标着边境的路。结果沿着河的这一边，走着走着就没有了路，路的尽头是几个半大孩子在游泳，问了问，说不知道。其中一个说可能应该回去，过了桥走瑞士那一边。于是道了谢，折返而回。现在想来当时整个沿着莱茵河的旅程都是没有导航也没有地图的，完全靠着事前在网络上看的总的方向、大的地名，将这些大地名写到笔记本上，每天拿出来看看，可以确保总的方向的正确。至于每天的具体的方向和道路的判断，主要靠的是在欧洲很规范的标准地名牌边上一般都会有的一张巨大的本地地图。端详那些本地地图也是一件很费劲的事情，主要是因为周围的地名都是很具体的小地方、小街道，完全没有大的方向，一定要先在头脑里有了更大范围内的方向方位感以后，再看这样的小范围的图才有意义。除了看本地地图之外，判断方向和走向的另一个招数就是问路。问路虽然具有极大的不确定性，但是却正好可以逼着自己练习德语，可以让人很自然地与沿途遇到的德国人说话。这是问路的额外收获。

到了跨越德国和瑞士的莱茵河大桥前，看桥那头的高坡上，检查站检查的还是比较严格的，好在自行车道没有上坡，先下了桥，上了斜坡上森林里的小路！再上大路的时候已经越过检查站到了瑞士境内了。检查站针对的主要是车辆，对于稀少的步行者和骑车人来说，显然是都被天然地判定为边界两侧附近的人员的正常流动了。

公路上的车很多，骑了很长时间才到达巴塞尔城里的莱茵河边，先在路中央的水池处喝了水又补充水，将随身的水瓶子都灌满。欧洲城镇中这种在路中间修建喷水池的古老传统，既是审美建筑也更是实用设施，是附近一大块区域救火的水源，也是历来路人解燃眉之"渴"的地方。

顺便看了路边一个古堡，完全是敞开式的，没有门，更没有门票，黑色的石块垒成的高大建筑，脚下是一片带着历史痕迹的荒草。让古迹保持原来的样貌，这个原则在这里被做到了极致。

莱茵河在巴塞尔市中心经过一道山谷，壁立的高山顶上修建了一座宏伟的教堂，可以俯瞰整个莱茵河的所来与所踪，可以俯瞰莱茵河穿过巴塞尔的弯弯曲曲的姿态。这里是巴塞尔的制高点，是老城的中心位置。人类总是能选择这样其实是以审美为根本基础的地点，来修建宗教建筑，来修建让人暂时脱离开俗世而能在一定程度上遥望天国的驻足之处。

覆盖在大树浓荫下的教堂广场上，临河的悬崖边上垒砌了城墙垛子，城墙垛子上有些人坐在那里，长时间地注视着山下的莱茵河。"子在川上曰：逝者如斯夫"的情景，在全世界的历代人类成员中，都是一个稳定的行为与思想模式。面对滚滚而来又滚滚而去的不绝河水，人们总是会不知不觉地陷入沉思；陷入既和自己的人生密切相关，又有显然超拔于自己的人生之外的思绪里去，久而弥返。

在巴塞尔，莱茵河上的一座座桥与莱茵河对岸层层叠叠的古老建筑，都是让人可以一直遥望下去的景观。一条很容易被忽略的大绳索从这悬崖上垂下去，直接与对岸相连。绳索上还挂着一条向下的垂直的绳索，垂直的绳索上系着渡船，渡船由这垂直的绳索控制着方向，使之不随波逐流地一味向下游漂流，而可以几乎直接行驶到对岸。这就是巴塞尔存在了数百年的莱茵河老渡口。如今在这里过河的人，都是旅游的体验者。这里早就失去了过河的日常交通功能，因为两侧距离不远就都有高大的莱茵河大桥，可以很方便地将整个城市中被莱茵河割裂开的两部分重新衔接起来。

作为一座几百年来城市格局和建筑都没有太大变化的老城，巴塞尔在这个角度上展示着这样令人沉静的气息。天空中低低的云朵似乎是从历史深处不断飘来的使者，利剑一样穿透它们的阳光则是上帝灼灼的眼睛。站在巴塞尔的山顶教堂广场上，就像是站在一幅巨大的油画面前，驻足盘桓不论多长时间好像都在不知不觉之中。难怪那些坐在长椅上的人们一个个都目光深邃而邈远，难怪大家都可以一动不动地坐上很长很长时间。

　　有意思的是，从山下看山上，山并不是很高，远不如从山顶上俯瞰的时候所感觉的那样高。从山下看，这虽然是巴塞尔的制高点，但是也不过是一座河边的小丘。但是因为莱茵河在进入德国腹地之后岸边的山就很少了，所以在这进入了瑞士一下的短暂段落里，这座小山就成了风景的核心。风景的核心往往被人赋予一些甚至带了错觉性质的宏伟壮丽或绝伦美妙的品质，属于观者

巴塞尔山顶教堂俯瞰全城的景色

附加上去的因素，但是又确确实实源于那风景本身；所以风景和风景所带来的感觉，很多时候是无法区分也不必区分的。

从这制高点上向下走，街道的坡度非常大，人非常少。巴塞尔街市上有一种与其鼎鼎大名不大一致的、远非想象的不繁华，不宽的街道上弥漫着一种疏旷寂寥的古老气氛。一对青年男女站在街边上，面对架子上的琴谱拉着小提琴，声声入耳，悠扬婉转。他们选择在老街上来演奏，是练习还是卖艺？因为几乎没有人经过，如果是卖艺的话收获会微乎其微；看来还是练习的意味大一些。那么为什么要到老街的中心来练习呢？看来还是有一定的表演的成分，使自己的练习暴露在众目睽睽之下，在公共场合里获得一种演出的现场感。不管怎么说，这样的琴声都与古城的风貌相和谐，仿佛就是给一幅画配上了最恰如其分的背景音乐。

巴塞尔的街道上给人留下很深印象的是那些古老的有轨电车的轨道，一个多世纪以来，这种有轨电车系统一直在使用，窄轨上尖头的绿色车厢，在起伏的古城街道里上下坡都不费力，叮叮咣咣的响动声中还透着几分古意，与周围的建筑的古老、坚固、陈旧、暗淡的气氛，很是般配。与这些古老的有轨电车一起行驶在并不宽阔的马路上的，还有一种同样是绿色的无轨电车；这两种公交车辆都是无污染的。

巴塞尔城里老街的很多十字路口都没有红绿灯，似乎都是互相谦让着然后看看差不多才过。留意到这个现象以后发现，巴塞尔居然是个几乎没有红绿灯的城市，很多十字路口都靠着互相礼让来有序通过。尽管后来知道这也是有明确的"先行权"规则约束的，但是这样还是极大地将路口的通行能力做了人力所及的最大可能的调控，避免了用红绿灯的时候不管有没有车都固定通过或者停留的弊端。这种交通上的返璞归真，堪称整个社会在极大的发展与极高的文明水平下才能实现的一种理想境界了。

骑车到了火车站，看了看上次，也就是2003年一家人到了这里以后因为列车晚点而被出租车送回家去的那段旅程的起始之处。任何一个有过去的痕迹的地方，都愿意再次到达，借着再次到达，在现场里回到亲人"身边"。关键是欧洲城市和环境永远保持自己原来的样子的特点，为这种怀旧提供了最大的可能性，为人性中这种故地重游的审美情结留下了最大的空间。

在整个莱茵河骑行的过程中，从斯图加特席勒广场开始，然后是巴特塞京根，中间经过"天鹅家"，现在的巴塞尔火车站，还有后面一些地方，都有过这样的痕迹，自己也都不由自主地做了这样的到达与停留。这是没有办法的事情，还有什么比故地重游更让人深情与眷顾的呢？

这个火车站标着DB字样，是德国火车公司被允许设置在瑞士境内的火车站。像航班一样，德国火车晚点以后是要赔偿顾客的住宿费用或者出租车费用的。当年我们就是在这里获得了免费的出租车，是直接被从这里送回了几十公里之外的德国的巴特塞京根的。其间有一个显然不是火车上晚点的乘客，通过和司机打招呼，又加上我们不懂的极快的德语与什么潜在的规矩也坐上了车。在德国，也不是绝对没有投机取巧的人的。

从火车站再出来，带着一股略略激动的情绪继续穿越城市，就多少有点迷路的意思了；沿着森林中一带风景如画的运河走了下去，其实从一开始自己就已经意识到了这个方向可能是有问题的，但是无奈眼前的景色实在是太美了。森林中的林荫大道笔直地伸展着，阳光完全被阻挡在了高高的树冠之外；而一道渠水，就在这道路的一侧，渠虽然是人工的，但是渠水边上杂花生树的样貌却一如大自然的作品一般原生态，诗意盎然，让人忍不住就一直走了下去，直到渠水拐了弯儿，而前面草径回环，道路分叉去了三个方向，这才停下来向一个散步者打听。

那散步的人听明白了以后说，你必须返回去了，只有返回去才能沿着莱茵河走。自然返回来的路上又可以将刚才的美丽景色再欣赏一遍，心里是非常愿意的。回来以后在路口上问一个风驰电掣地骑车而来的女人，她指了指方向，然后也顺着她刚才指的方向而去了。我努力跟在后面，说实话实在是跟不上，德国女人骑车居然也像她们开车一样，一味地快。她一路都在不断地回头，意思是让我跟上。远远地她在另一个岔路口又指了一个方向，示意我向那个方向走；看见我举手，然后她就自顾自地走了，速度依然是那么快。德国的"女汉子"是屡见不鲜的，她们人高马大，雷厉风行，智力、体力甚至是"气场"都不输于男人。

顺着她指的方向骑下去，都是工业区，都是巨大的车间和裸露的管道电缆。支撑着这个国家森林河流的风景审美的，正是这些实实在在的企业经济。在工厂的迷宫里走了很远，又问了几次路，才又找到沿着莱茵河前进的路。其间在路上遇到几个学生远远地用汉语喊"你好"，这相当于中国孩子在街头冲着老外喊HELLO吧。于是便笑着向他们挥了挥手，他们见自己的汉语词在喊出去以后有了反应，立刻兴奋地举起手来。很多德国孩子还处在一种对于中国非常好奇的状态，中国就是遥远和陌生的代名词。

又在一个有着巨大的指路牌的岔路口盘桓了好一阵，才确认那指示是为公路设计的，自行车不应该走，自行车应该退回去。退回去仔细寻找才找到自行车道。这里的自行车道已经不是标准意义上的那种经过认可的公共道路了，只是约定俗成的小路、土路，行人和自行车都可以走。莱茵河并非绝对的任何地方都有规划好的自行车道，尤其在工业区，道路往往会有程度不一的环回和转向，稍不注意就是德国人自己也会找不到路的。说沿着河流的自行车道遍布整个欧洲，那不过是一个笼统的说法而已，中间还是有很多间断的。这在以后的行程中又有多次见证。

终于回到了莱茵河边，可以看着河骑车了；虽然是土路，但是方向不会错了，而且没有了汽车的威胁。开始下小雨，天也渐渐黑了，莱茵河上的天鹅与野鸭都瑟缩着躲到岸边的草丛下去了。欧洲的夏天，很容易就从热转冷，这是欧洲人、德国人不仅不怕夏天反而都很珍惜夏天的一大原因，这里从来没有中国那样的漫长的酷暑，没有那种不能忍受的昼夜高温。正是即便在夏天里也能经常感到寒凉的气候特征造就了欧洲人的穿衣习惯和行为模式，甚至是欧洲的文明。他们对待季节、对待时序从来没有"熬"的概念，季节于人、时间于人，更多的都是享受。

莱茵河滚滚的流水之上溅起的一个个雨泡儿，密集地连成了一片。寒凉瞬间而至，完全没有了夏天烈日下的那种热的一点点痕迹。没有家在前面，甚至没有属于自己的一个房檐，自己所能做的就是一直沿着这条河向前，再向前。一个人在这夜幕已经降临而雨水越来越大的黄昏之后的时刻里，的的确确是感受到了一点凄凉了。好在那不过只是一瞬间里的念头，持续的骑行中，由肢体传达的热量很快就让人重新回到振奋里去了。长途骑行中这样偶尔自我怀疑的时刻，实在是再正常不过了，要做的只是制止它继续蔓延，将注意力重新转向车轮下的路。

在低低的河谷里，望到了高处有一个河边小镇的时候，便立刻决定上去找住的地方了。是该休息的时候了，这一天自行车上的码表显示骑行了150公里，其中当然包括来回进出巴特塞京根所浪费掉的距离。

那小镇在河谷的高处，叫作NEUENBURG，翻译过来应该是"新堡"；这里的全称是NEUENBURG AM RHEIN，也就是

终于又回到了莱茵河边

黄昏的微雨中，感觉要找地方休息了

"莱茵河上的新堡"。有意思的是，莱茵河中游过了卡尔斯鲁厄还有一个地方也叫作NEUBURG AM RHEIN，区别就仅仅是第一个"新"是语法上的形容词二格。至于为什么第一个地名要用语法二格，第二个就不能用，那就很难解释了。大抵可以说：历史形成，本来如此。这样体现在地名上的细微区别，外国人一般是很难在第一时间里体会出来的。德国人用词的准确与精确，在地名上也可见一斑。

　　推着车子上去，到了这个小镇里，安静得很，街道上几乎没有人。水池边洗漱了一下，推着车子转，到图书馆广场上一个略有遮檐的地方吃了点儿东西，但是雨水还是把面包夹肉片打湿了。身后偶尔有人经过，人们肯定也都注意到了我这异乡的行旅之人，但是绝没有人来打扰。尊重别人，克制自己对他人的好奇心，这是欧洲的传统。吃过饭又到了市中心广场，广场上还有不少雕像，在暗夜里立在那里，正好都是一人多高，像是有人没有夜归，也像我依旧在外面盘桓一般。除了雕塑，这里偶然还是会有真人来往的，不适合露宿；因为迟迟不能找到合适的露宿地点，加上已经奔波了一天，天上还零星地下着小雨，对于自己的处境就有了那么一瞬间的类似自我可怜的怀疑，难道就不能去找个旅馆吗？不能，还是要坚持露宿，坚持自己原来的计划不动摇。找旅馆会打扰到自己沿着莱茵河的骑行，而露宿则可以将找旅馆的事情完全放下，完全达到自由行止的状态，不必考虑沿途哪里有没有旅馆的事情了。实际骑行开始以后，更加印证了原来计划中的这个细节的正确。沿着莱茵河的旅程才刚刚开始，原来的规划和想法还没有彻底实现。眼前这种不适与怀疑只要自己坚决地克服一下，就一定能过去。

　　于是就又接着推着车子转，转到教堂后面发现刚才还有人的那个青年活动中心现在已经黑了灯，那高高的台阶上是一个好位置，还有遮檐。后来的事实证明，这里几乎是此次整个莱茵河之旅的五六个夜晚里睡觉位置最好的一次了，非常值得留恋、怀恋。因为不是哪里都能找到如此恰当的露宿地点的。

　　在展开防潮垫，铺上睡袋，将双肩挎里的全部衣服都穿在身上以后——对，别人睡觉是脱衣服，自己睡觉是穿衣服，露宿的时候只有这样才能在最大程度上抵御寒凉——很舒服地躺了下去。在户外自然的气息里，在微微的风凉中，刚开始还有一点点不安，还在注意周围是不是有人经过，有人经过的话是不是注意到了自己；还在想夜里要是有人凑近过来怎么办？不过很快就被强烈的困意所攫住，一下就沉入了梦乡。

　　第三天，5月22日，从新堡到乌尔姆村（ULM），160公里

　　从露宿状态里醒来，已经是第二天的黎明时分了。大约4点多，天色刚刚脱离开夜的纠缠，周围的建筑和树木刚刚勉强分辨出轮廓。一切还都在沉寂的睡眠里。露宿已经成功、旅行马上就可以继续的兴奋与喜悦一瞬间就已经袭遍了浑身上下所有的细胞！随即起身收拾行李，推着车子到了小镇中间的水池边上，洗漱了一下，水的清凉与即将开始新旅程的振奋让人内心里充满了愉悦。早晨的寂静依旧笼罩着还在睡梦中的村舍，自己骑车沿着向下而去的自行车道穿越蓊郁的植被，穿越早晨的时候那种特有的清凉雾气，很快就回到了莱茵河边。

　　严格说来这是沿着莱茵河骑行中最标准的第一次露宿，在巴特塞京根因为是以前曾经到达过的地方，所以陌生与未知感都不够，还算不上是完全的行走在陌生的路上的随机选择的露宿。这次成功的标准的露宿使人在早晨起来的时候非常兴奋，有一种不可抑止的成就感。照此方式自己就可以一直沿着莱茵河走下去，一天一天，每天都是崭新的天地。不仅不必花钱，而且完全自由，行止之间全凭当时的自我判断与感觉，是真正的"哪儿黑在哪儿睡"。一旦确认了这种状态，人就意识到了自己正在经历自由，正在沐浴人在天地之间最愉快的自由之境的洗礼。这无疑是一种峰值体验，一种极乐状态，一种在现实里实现了白日梦的人生极致。

　　这个早晨，在晨光未至的朦胧里骑车再次走上沿着莱茵河

的小路，莱茵河河面上正有一大片白色的大天鹅漂浮着，它们近乎均匀地在水面上的点缀，像是一种表演，而不是简单的晨起觅食；那么自己就是这场表演的唯一观众了。凝望了它们一会儿，前景里的莱茵河和天鹅很快就为远处背景深处一道仿佛正好横亘在莱茵河流去的方向上的山所替代了；那一道远山，正是自己要去看个究竟的地方。这样具有童年意趣的追风的渴望，让人迫不及待地骑上车，风驰电掣地在河边的自行车道上跑了起来。

　　嗯，前面，前面的莱茵河沿岸一定还有更精彩的表演！车轮在路面上沙沙响，感觉前程正以一种令人喜悦的自由方式彻底展开着。自己需要做的，就只是骑车向前去感受，去感受那丰富无比的莱茵河两岸的风景了。为了促成眼前的这种状态，已经做了多长时间的准备，已经付出了多少代价！而今终于实现了，终于将原来梦想中的一切都变成现实了。人是意识的奴隶，更是意识的反作用力的最有效的自我观察者，一旦意识和意识的反作用合二为一的时候，倘是自己梦寐以求的事情，那便进入到了人生的极点，进入到了高峰体验之中了。

　　这样的高峰体验是珍贵的，即便是在当时自己也意识到了其珍贵的程度。于是很少有地停下来自拍了一下，将照相机放在河边的标志里程的石柱顶上，然后再跑回自行车边上等待着镜头里的那一声"咔嚓"。这是为了再次印证一下，自己现在正在实现着的自己的梦想，正在莱茵河边骑行着！

　　莱茵河边的自行车道，一直在黑森林的绵延的山脉和莱茵河的如带的流水之间的狭长平原上前进，时而离开莱茵河时而又紧紧地在河堤上蜿蜒。从瑞士以北就处在德法之间了，一会儿是两

早晨 5 点半的时候莱茵河里的大天鹅们就已经开始觅食了

岸两国的景致，一会儿就又全部都在德国境内了。好在欧洲的边界只存在于图纸上，现实里几乎是看不出来的。人为的边界早就重新让位给了自然的辽阔与统一。

　　经过对应着弗莱堡的莱茵河地带，河道与城市在这里向两个不同的方向分开，莱茵河转向西北，弗莱堡则在东北，二者相距十几公里。这个当年自己曾经利用倒车的一个小时时间下去走了走的城市，给人留下深刻印象的是火车站边上的红砖大桥，还有街头冲着外国人呼喊的孩子。现在顺着莱茵河骑行而过，只那么一小会儿就已经将其远远地甩在身后了。当时是在这里转车，有差不多一个小时时间，妻儿在车上等，自己快步走上红砖大桥，走到城里转了转，算是到过弗莱堡，对城市轮廓有一个大概面貌的印象了。记得当时在开车前十分钟回去的时候，儿子早就已经急得跑到车窗那里张望了好几次了。在一个完全陌生的地方，亲人分开，哪怕只是一会儿似乎也有着一种不能忍受的叵测的危险。这，其实就是亲情。

现在骑车从遥远的郊区远望一个知道它在那里但却看不见的城市，其实也是一个城市最真实的侧面；不过这样的侧面非定居者往往是很难看到的。任何一个旅行者，任何一个直奔城市本身的外来人，都很难有余暇、有意识到其郊外去回首遥望。从这样的意义上说，自己这一次骑车从弗莱堡远郊外的莱茵河边经过，算是完善了对这个城市的观察，一个难得的角度上的观察。

这一天，经过的第一个地方是BREISACH古城。教堂耸立在古城的制高点，河边的一座小山的山顶上。古城的全部建筑，一排排两三层的红墙楼房，实际上都建在这小山的山坡上，建筑之间的用竖立的石块铺成的道路堪称陡峭。全城的广场，就在山顶教堂的脚下；全部都是用古老的巨石建成，笨拙坚固，颜色阴郁幽暗。最后通往这个山顶广场的路口上，耸立着一栋下为过道、上为楼宇的石头骑楼。这是古代的城堡大门，是将高高在上的统治者保护起来的最后一道屏障。

过了这道门，就是那山顶的石头广场了。站在这个实际上相对高度并不很高的广场上俯瞰莱茵河，莱茵河所从所踪的姿态完全呈现了出来；河两岸的平原丘陵、森林草场历历在目，对于一个正沿着莱茵河骑行的人来说，这是一个不上来看看就一定会后悔的所在。

从城堡顶上俯瞰莱茵河

　　重新回到河边，看到有城市博物馆。因为时间还早，还没有开门。而且自己要沿着河骑行的迫切已经忍无可忍，马上上路已经是自己最大的渴望。也就只是拍了张照，然后就赶紧前行了。一路上，这样匆匆地拍照留念，留到以后查资料的时候再仔细研究的地方还有很多很多，这不过是一个开始。

　　在烈日下的平原上骑行久了，正午时分寻到了一处完全为树荫所覆盖着的路边的长椅，便坐下吃饭休息。隐隐约约的有一阵阵的涛声传来，仔细谛听，又不大像是自然的涛声，竟然是人声！这样很长很长时间都见不到一个人的河边空旷之处，何以能有这么多人集体发出涛声一样的呼喊？实在匪夷所思。及至休息完毕再次出发，自行车道逶迤前行，拐过一个弯到了一个大门前面才一切释然：这里竟然就是赫赫有名的欧洲公园。

所谓欧洲公园其实并不是我们一般所理解的山水植被丰茂的公共园林，而不过是一处安装着很多大型游乐设施的游乐场，与之配套的还有酒店、饭店之类。放眼一望，都是些过山车、高空转轮、疯狂老鼠之类可以将人置于急速摇摆翻转之类极限之境的机械设备。人们的喊声就是随着那种急速的摇摆翻转而发出的。不把这样人气旺盛的游乐设置建在城市里，而竟然建在荒僻的莱茵河边的田野里，这显然是为了避免噪音扰民、避免交通堵塞的科学环保的选择。就像德国的麦当劳不仅不像在中国那样在最繁华的街区之中，而且还在郊区的田野之中一样，欧洲公园这样的游乐设施的选址也是欧洲早就成熟了的汽车时代的一种习惯。

现代人的口味在全世界都已经变得如此刁钻，游乐不是安静地享受自然，或者在自然之中运动，而是追求机械设备带来的刺激了。这样的口味在德国、在欧洲也许还是可以理解的：因为这里的自然环境很好，人们一般都不缺乏自然中的享受，而到欧洲公园或者圣诞市场上去享受一下平常难得的机械设备制造出来的娱乐，也就成了一种新鲜的刺激。

经过欧洲公园，下午的灼热依旧，休息就成了每走上一段就要有一次的惯例。休息的地点一般都会选择路边设置好的休息点上，这样的休息点设备很齐全，或者有石桌石椅，或者有带着遮雨遮阳的木棚的木头桌椅，铁丝编的垃圾筐挂在石头或者木头柱子上，脑袋上方甚至还有挂帽子或书包的铁钩。

在一个村口上，三条路形成一个Y字形的交叉，交叉的顶点的

欧洲公园就在这样的乡间小道上

　　三角地上，面对道路的方向上有一圈石柱作为车辆拦阻设置，里面是一丛茂盛而高大的乔木，树下即便是在午后灼热的阳光下也显得很是黑暗的浓荫里，是一座布满青苔的纪念碑。碑上纪念的都是本村在两次世界大战中死去的人，死者的名单和年龄详细地开列在经过了时间和风雨的磨洗已然模糊了的碑壁上。

　　纪念碑旁边有长椅，可供凭吊者或路人休息。对于长途骑行者来说，这样的地方是再适合不过的休息点。虽然因为时间尚早不能作为露宿的地方多少是有点遗憾的，但是作为午饭以后躺下睡上一觉的地方那也是无与伦比的。因为路上本来就没有什么人，即使偶尔有人路过，也距离这里有一个适当的距离，不会直接干扰到你；而树荫又提供了舒适的阴凉，消暑降温，安静祥和。在这里的小睡非常养神，再次出发的时候已经又是精神抖擞的状态了。

　　骑上车沿着Y字的下半截小路前进，很快就到了不远处那个村子。这个村子一如既往地有着德国村庄的安静与干净的特征，玫瑰花开在路边的篱笆上，花瓣落到地面上，有着一种让车轮都不忍碾过的娴静的安然之美，恰似中国古代所谓"人闲桂花落"的意境。不过这个村子更大的特点是随处可见的真人大小的雕塑，在村口，在街边，雕像有男有女，有老有少，展现的是本村在历史上作为沙里淘金之地的古老劳动场面。这些雕塑并非为了什么开展旅游或者制造本地形象，只是为了纪念，让后人记住这方莱茵河边的土地的历史与渊源。

　　穿过村庄，继续沿着莱茵河前进，很快就到了巴登州的克尔（KEHL）。

　　克尔这个地方也是自己以前曾经来过的。那是2003年全家坐火车去斯特拉斯堡，途径这里转车，有一个小时时间，于是就出站到市中心走了走。对于市中心的教堂和广场的格局，有很深的印象。现在骑车沿着莱茵河再次到达这里，感觉比几年前的印象中的那座城市小得多。当沿着莱茵河从与上次从火车站方向不一样的另一个方向，河边的方向转到这个广场，这个熟悉的广场，剧烈的心痛感觉骤然袭来；突然非常非常想念当年在我身边的妻儿，想念儿子小时候的样子。这一瞬间的怀旧所释放出来的一个人骑车旅行的孤独感，被抛在人世之外的感觉，突然变得无比强烈。亲人在一起往往并不经意的琐碎细节，在时过境迁之后的孤独中——被放大、被定格，当下感觉是属于人世的永恒的东西，实际上都只是浮云一样的虽然真切却也从来都不会恒定的幻影。地理的间隔、年龄的变化，让一切都不可能再是原来的一切。

傍晚的时候离开克尔

当年在克尔倒车，目的地是法国的斯特拉斯堡。斯特拉斯堡有古城堡，有古河闸，有大教堂下热闹的广场，但是斯特拉斯堡那个春天的上午，给我留下更深印象的却是一个坐在城市中心的河边长椅上晒着太阳的中年人。他在闹市中静坐，目不转睛地瞭望着河中缓缓地游动着的天鹅和野鸭；显然他并不是对他所看到的东西感兴趣，而是对自己在这样的时候这样坐在这里看本身感到惬意。不为什么，只为了在阳光里，在早春的阳光里享受人世的光阴。这种在普遍享受着养老与医疗民生保障制度的国家之中培养出来的兴致，是符合人性的，并被尊重的一个重要标志；是让人在世界上，被尊重并有质量地活过一次的一个基本的精神状态。

本来可以住在这个处处都体现着悠闲与和谐的，有明显的法国味道的小城。但坐在桥头（桥那边就是法国）河边吃过饭才刚到七点钟，而且那种睹物思人的忧郁，太伤人了。不走的话，时间太早，尽管这一天已经走了120公里了，但不骑又无所事事，只有前行才是自己的事啊！在夕阳将莱茵河水照耀得金光闪闪的时刻，骑车继续沿着堤坝上的道路快速前进，仿佛要奔向深邃的德国大地上什么迫不及待地等着自己的一个位置上。

骑着车奔驰着的时候，时间都被一分钟一秒钟地分解又融合起来。路上的树木的阴凉与河水的荡漾，路上略略的转弯和轻微的颠簸之类的细节；你虽然每一个场景都能很清晰地看到，很清晰地记住，但是它们不断涌现，不断联合起来，就会逐渐模糊，逐渐使你机械而麻木，再一恍惚，时间就又过去了很大一块，已经跑出来很远很远。

夜幕终于降临了，于是从堤坝上的沿河小路上下来，进入莱茵河边的一个一个村镇；在找合适的露宿点的时候，进入了一个市场，市场很大，也有天棚，现在都撤了摊儿，应该是一个不错的地方；可是突然感觉后面不远处有人站定了，正在警觉地盯着自己。

找露宿的地方就是这样，既要硬件好还更要软件好；这个人去地空的市场虽然不错，但是现在有人盯着，解释起来也多有不便，索性就放弃了，继续向前。这样寻找着的时候实际上天早已经黑透了，但是无奈一路上都没有合适的地方，也就只好一路前行，这回的前行不再是赶路，而只有一个目的，那就是找一个合适的露宿地点。在村镇中纵横地穿插寻找着，寻找无果之后再回到沿着莱茵河边前行的大路上来，继续向前寻找。

终于在一个与那座自己曾经去过的有大教堂的著名城市乌尔姆同名的小村子里，看到了这样的一个合适的位置。那是靠近公路，但是又稍微向里去了二十米左右，前面有人家、有树丛，但是基本上还能看过去、遮挡并不严密的地方。关键那不是一家人的墙外，而是一个公共机构的门口，是村子里的公事机构的门前（第二天早晨起来一看是"市政厅"，或者叫作"村公所"）一侧，距离人家的院子只隔着一条小路。尽量不要打扰到其他人，尽量选择任何人都有权进入的公共领地，这也是露宿的一大规则。

把自行车停下，放倒在地上——以免摔倒、以免被轻易发现；再把行李解开，把防潮垫铺好的时候，自己实际上已经彻底的疲惫不堪。这个晚上第一次脱掉了袜子，只穿秋衣秋裤，而不是像前几晚那样不仅不脱袜子还要将全部衣服一一穿在身上。再次感受到：露宿将人置于生活的最底层，让人从最低的视角上去仰望人世的一切。这显然有助于发现被遮蔽了的真相：我们其实都不过是天地之间的浮萍。这样的想法实际上只是一掠而过，因为呼吸着地皮上植被的浓郁气息，听着不远处的公路上偶尔的车声，带着骑行160公里的疲惫，睡眠瞬间即至。

第四天，5月23日，从乌尔姆村到施派尔（SPEYER），138公里

5月的早晨，天刚刚亮，刚刚脱离开夜的绝对笼罩，自己便已经在第一时间从睡袋里睁开了眼睛；睁开眼睛立刻就起身收拾了东西装好车，在几乎抑制不住的喜悦里迅速骑行出发了。在莱茵河边的薄雾中呼吸着潮湿的水汽和浓郁的植被味道，在鸟儿们刚刚醒来的啁啾声中，快速前进起来。好像是越快就越能体现出自己再次成功露宿、成功地让眼前展开的一切都是崭新的、从未走过的道路的特点，就越能早一点儿冲破黎明，进入有阳光的温暖，进入到将露宿的寒凉彻底驱散的温暖。

在黎明中的这一段骑行往往会一下子出去几十公里，除了找灌木丛解决基本问题之外，不吃不喝地一直骑到有了阳光，有了温暖，才会很挑剔地在河边找一处有长椅或者虽然没有长椅但是风景，非常好的位置，坐定了喝水吃饭。

在以后又经历了很多个的5月里，总是会在季节的类似和好天气的偶然光顾里，禁不住去追怀当年的5月，去追怀当年的5月里的那些细节感受。应该承认与那些遇到了什么人和什么事的旅途见闻相比，自己更多的感受都来自在路上目睹到的风景，村庄和道路的格局，森林和河流的位置，花朵的颜色和婆娑的篱笆墙内外的景致。这实际上是支撑着自己一直骑行下去而乐此不疲的一种重要乐趣，地理的、人文的，地理与人文结合以后的大地景观、聚居格局，其间审美的角度和令人愉悦的光影颜色，是自己旅行中最大的享受；不论道路上付出了多少艰苦，吃喝与住宿多么简单不堪，与这样的收获比起来实际上都是不值一提的。这也许是只属于自己的人生的最高享受。这样的享受不是简单的记笔记或者摄影所能完全表达出来的，不仅需要静静地观赏，更需要有着一定速度地在相当广阔范围里的类似翱翔着的大面积地遥望。而骑行正好可以满足所有这些要求，正好能实现自己审美的最高享受。

的确，在莱茵河边骑行，常有摄影与笔记都不足以将自己面对美景的激情彻底表达出来的时候，面对蓝天白云下的一排整齐而高大的树木，面对辽阔的麦田上那种到了5月底的时候还显示着春天一般的嫩绿之色的麦子，面对莱茵河丰富的直行与弯道之间，岸边的花朵与蔚蓝的流水之间的颜色对比，总是一再让人惊诧，让人感叹，让人陶然忘返，让人留恋不已。这样的时候就很想拿起画笔来直接描绘自己眼前的美景，以及由眼前的美景所勾起的自己对于幻想中的美丽想象，有根据的想象。眼前的美景以及由眼前的美景勾起的美的幻想，其重要性一点儿都不亚于前者。某种程度上说，自己是在由骑行的美景里生发出来的白日梦的美妙中，做着超乎了现实的神仙之旅。这真实的与幻想的两方面都使自己一再产生着绘画的冲动，以至于下了决心，一旦结束旅程安定下来以后就要立刻投身于绘画的学习之中，不为别的，只为了将沿着莱茵河骑行过程中所无以表达的审美感受通过画笔表达出来！

离开乌尔姆村，在点缀着无数鲜红的虞美人花儿的高草丛中解决了基本问题，然后顺着乡间小路继续前进。路牌上显示距离STOLHOFEN5公里，距离GREFLERN（属于LICHTENAN）4公里，而这些陌生的地方究竟哪里是沿着莱茵河前进的时候的必经之路，是需要自己判断的。当时没有手机地图，甚至连一张纸质地图也没有，只是凭着稍微大一点的村镇街道口上竖立着的本地地图上得来的印象做判断。这些判断多数时候都是正确的，但是也有陷入迷惑之中的时候，尤其是有支流汇入莱茵河导致莱茵河多湾汊而使方向经常转换的地带，往往要走不少冤枉路。不过所谓冤枉路也仅仅是没有能按照最短距离的规则前进而已，所有的绕行其实都是一次观赏的机会。

令人惊讶的是，这一带莱茵河边还经常有金黄的油菜花田出现；这个季节了还有油菜花田，说明德国的气温是升得很慢的，春天很长。一方面油菜花还在开，一方面草莓却已经到了收获季节。高大的森林背景下，齐膝深的草莓地里，整齐的地垄之间站着很多很多弯着腰的人，他们身上白色的、蓝色的工装在草莓地的绿色里非常显眼。那是摘草莓的人。地边上堆着的白木条钉成的草莓箱子里，有的已经装满了鲜红的草莓，开始被一箱一箱地装上卡车。

这种大规模的人员密集型劳动场面在德国是极其罕见的。摘草莓还没有能实现机械化，还不得不采用最为传统的大规模的人工作业。被临时雇来的摘草莓的人一般都是东欧的劳工，他们主要来自东欧的欧盟成员国，波兰、捷克、匈牙利等地方的人。他们拥有欧盟签证，打工是合法的。

这样的景象总是能给旅行者以想象，如果这样打几天工再走的话，岂不是把路费挣出来了？不过德国的用工制度非常严格，如果这个外国人的签证是不允许打工的话，老板是绝对不敢雇佣的。万一被查出来的代价，是他无法承受的。德国社会给浪漫和自由留下的边界清晰，到处都充满了规矩和规则。

在充满了颜色、花朵与果实的大地上这样骑行了一段以后，完全没有预料地、不期然地到了一个满是宫殿的城市。这里一定

农田里干活的人们

是古代的一个皇宫所在，是德国当年众多的诸侯国中的一个。像所有人类聚居的地方都会有人悠闲或者无聊地发呆一样，这里照例在宫殿和广场之间的树荫下坐着一些闲人。他们大约都已经对周围的景致非常熟悉了，或者没有类似我这样一定要把周围的风景都走一个遍的念想，都很安稳、很踏实地在那里坐着，日复一日地坐着，有一搭没一搭地说着话，目光遥望着什么，盯着每一个路人，又像是谁也没有看到。

古老而威严的雕塑充满使命感地伫立在这些悠闲的人身后，

两者之间的面貌与精神状态距离非常遥远。现代化的公共汽车站、有轨电车站透明的遮雨棚后面就是这由古代雕像与教堂所组成的中轴线，顺着中轴线走过广场上用竖立的石块紧紧地挤在一起铺成的地面，就到了只是在门口的台阶处拉着一根细细的绳子挡着机动车通行的皇宫。

台阶边上的牌子上是明确地标志着自行车"自由"的字样的。也就是说这里的皇宫是可以直接骑车进去，进到宫殿范围里去的。推着自行车在宫殿的高台阶上休息，身边古老的传统铁铳大炮架在大石头上，成了自己喝水吃东西的陪衬；这里的场域和气氛都很让人觉着新鲜甚至诧异，恍惚是骑车来到了古代，在一个绝不相干的环境里做着莫名其妙的事情。怎么一下子就置身此地此境了呢？

穿过宫殿，从高大的铁艺后门外的花园出去，就直接出了城。这样的地方不仅不用买票而且还可以骑车而过，完全以一种自然状态待人，让人充分感觉到自由与自如；这让人一方面感叹宫殿的雄伟与开阔，另一方面更感叹德国人的制度设计的伟大。对每一个个体的人的最充分尊重，是这个国家前进的不竭动力。

莱茵河边是德国最传统最悠久的人类聚居之地，沿河村镇城市密集，古老的城镇村庄一个接着一个，堪称密布。

出了这有宫殿的古城，骑行了一小段就到了一个有骑楼门洞的小村子。门洞上的雕塑很让人惊讶，其中一幅居然是一群戴着仿佛二战的钢盔的战士在冲锋！小村子里的市场很热闹，新鲜的花朵和蔬菜一起被摆在蓝布棚子下面，和货物一样一尘不染的卖货人面带微笑彬彬有礼，一派温柔而规矩得像是图画的样貌。一条小河（一定是莱茵河的众多支流中的一条！）就在这市场边上滚滚地流淌着，清澈的蓝色河水哗哗直响，为正午的阳光降着温。

这里，距离卡尔斯鲁厄（KARLSRUHE）只有3公里了。

慢慢地推着车子走过卡尔斯鲁厄火车站的东广场，走到火车站对面的公园前的白色长椅上坐下来，果然公园里的那一群脖子与冠子都呈淡红色的火鸡还是可以看到的。当年我们一家三口就是坐在这把长椅上看那些火鸡的，一边看还一边盯着手表，以免误了火车。儿子对那些火鸡的观察很认真，这种在国内动物园里没有见过的高大的鸡，像是无毛的鸵鸟，又像是些世俗化了的肥壮的鹤。当然最为奇特的，也最能代表它们的特征的，还是它们的脖子与冠子上的红色。当时身后正好有几个中国留学生走过，汉语之声传来，很自然地就请他们给合了一张影。

现在，自己在卡尔斯鲁尔火车站对面的这把长椅上坐了一会儿，重新盯着那些着了火一样的高大的鸡看了又看，好像看着看着就能再次听见当年儿子在这个位置上的不断发问一般。下意识地回头看是不是还会有中国留学生经过的时候，正看见一对夫妇在找座位，便主动把位置让给了他们，还无法抑制地将多年前自己和儿子曾经一起坐在这里的事情告诉了他们，这就更使得自己像是一个饶舌的流浪者了。管不了那么许多，表达自己才是最主要的。表达以后就舒畅一些。与孩子一起经历的场景，日后再次置身其间的时候总会有甜蜜之外的伤感；只因为时间不再，成长快速，时光老去的特征太过鲜明。

离开卡尔斯鲁厄，重新回到莱茵河边的自行车道上骑行，奔驰着的速度和满眼的风光很快就将刚才回望的惆怅给驱散了。

应接不暇的大地景色，让人纵身其间，豪情满怀，动力充沛，进而不返。经历与时间所给予人的惆怅实际上是一种人生情绪的收获，不管这样的收获夹杂了什么样让人依依不舍的儿女情长，它本身都是美的，都是我们人生路上的饱含了生命汁液的果实。

5月下旬的乔木都已经叶片肥大、蓊郁丰满，而各种花朵也一路灿烂地开放着。这一天就正好路过一个开满了鲜红的虞美人花的地方。这一大片虞美人不是通常那样开在麦地里的点缀，而是只有虞美人本身，直接在路边上成片地盛开着，将大地染成了红色。这种红色与湛蓝的天空和碧绿的樱桃树一样，让莱茵河边变成了一场色彩的盛宴。

骑车走过这样的路段，忍不住就会下来推行，不愿意骑车一带而过，而是要尽量延长观赏的时间。面对这样大自然盛放的花朵，面对这样上帝赐予的颜色盛宴，任何人都会激动不已、流连忘返。这样的段落不管你有什么事，有什么更为遥远的目的地，都必然、必须停下来，停下来唏嘘着、赞叹着、搓着手来表达你无以表达的爱意。

于是坐下吃东西，做笔记，休息，躺在樱桃树下的长椅上小睡。在莱茵河边的骑行过程中，有很多直接就在河边的长椅上躺下小睡一会儿的经历。自行车靠在椅了上，几乎刚刚躺下睡眠就已经到来了；十几分钟就可以完全休息过来，再醒来的时候就又重新变得精神抖擞起来。

在樱桃树下小睡，睡醒了一伸手就可以够到碧绿的树叶丛中的一串串红红的樱桃果；即使是最靠近椅子的位置上的樱桃，也都毫发无损地在碧绿的叶子里显示着自己的鲜红。这些野外的樱

路边的虞美人盛开着

桃是专门给鸟儿们留着的，德国人很少有人摘，他们要吃樱桃就会去超市买。这种专门给鸟儿留着的樱桃，放到嘴里也的确不怎么好吃。其实樱桃从来不曾像传说中的那么好吃，什么樱桃好吃树难栽之类的话，大约属于樱桃园推销的广告语。即便是品种关系，那些个大、核小、红得发紫的甜润可口的樱桃，只要是长在野外，作了风景，便与以满足口腹为目的的随意的采摘绝了缘。德国人和自然中的果实的关系，因为资源的丰富和人口数量的有限，所以总显得很温和、文明，不急于索取。不急于采摘，留给鸟儿这种在我们无论如何都是奢侈的概念，在德国的土地上早已深入人心。

在沿着莱茵河骑行的一个个日子里，见过了很多美景，见过了很多难忘的自然景观，但是，这一天躺在鲜红的虞美人花丛中，伸手从樱桃树上摘下一串果实的美妙却是终生都难以忘怀的。为了别人也能在我之后还可以享受，我只伸手摘了三几个樱桃，为了不破坏这么完美的意境，我抵御住了对野果的贪婪。

这个场景让人念念不忘，也让人感怀不已：我们的一般意义上的旅行，固然是为了宏观上的"走遍"或者"抵达"，其实微观上这样的细节时刻的收获比之那遥远的抵达来说，价值是一点也不低的，甚至没有了这样细节上的深刻感受，那遥远的抵达也就变得枯燥了。

莱茵河边的村镇一个接着一个，偶然经过一个巨大的标志，眼熟得很，仔细看居然是一家有名的轮胎厂。这家世界级的工厂，只是依托在一个这样小小的村镇里。与我们想象中的高大气派的大门、宽敞的马路、如云的保安、森严的门禁之类的场景完全无关，这家工厂就是一条婆娑的乡间小路尽头的、一家完全掩映在森林的绿色之中的深邃院落。

河边的自行车道在这一段莱茵河边变得很复杂，一会儿需要到对岸去走，一会儿又需要回到这岸来。在对岸的古城吉尔森（GRESSEN）问路的时候，遇到一个穿着敞着白衬衣的领子，留着长发的、瘦瘦的知识分子模样的人。问路以后互相都很有兴致地聊了起来，他说他在写小说，知道我在出版社工作以后，就问有没有出版的可能。于是留了信箱地址。他的形象，或者说主要是他的情绪状态更像是一个传统的中国知识分子的样貌：略有疲惫与衰弱之状，对世界无可奈何，却又在坚持着自己贫寒的物质生活之上的坚定的精神表达。他说了很多，关于自己的创作和自己的生活，我只能听懂一个大概。关于我前进的道路和方向，他的指示倒是清晰的，我也完全听懂了。单纯追求精神生活的人，在任何一个国家的现实中，在他们个人的现世生活里，都是弱势的，都是无奈的。即便是在德国这样一个一直以来都以强大而深邃的精神追求为民族风尚的地方，现实里的独立知识分子，不依赖于物质、不顺从于利益追求的知识分子的命运，也必然落寞。好在德国有良好的社会保障机制，即便完全放弃物质追求者，也断不会饥寒交迫。这实际上已经为一味追求精神世界的人，留出了相当大的空间。

　　自行车道在莱茵河的左岸右岸经常转换，走错了就没有了路，就需要回到对岸去。问路是自己在这一路沿着莱茵河骑行的过程中，与人交往的主要方式。像这样不仅问了路还留了地址的当然并不多，所以印象很深。不过回国以后将当时的照片按照这个地址寄到德国以后却石沉大海，再没有能联系上他。

　　重新回到莱茵河的这一边，在接近施派尔的路上，遇到一个飞机场工作的自行车运动爱好者WALTER。一个飞机场的工作人员而爱好骑车，这听起来多少有点儿匪夷所思，但是想象一下也完全可能是很自然的事情，毕竟开飞机不是一件经常可以去实践的事情；而开着飞机在天空中看到的大地总是很辽阔、很美，再骑车去慢慢地走过那些曾经从空中俯瞰过的大地，那一定是别有一番滋味的，没有在天空中翱翔过的人，是很难体验的。

　　他告诉我，他还从来没有遇到过一个中国人在莱茵河边骑车跑长途的。在看到我背着的睡袋和防潮垫以后他问一路上都在什么地方住宿，我告诉他露宿。他马上又问我每个月的工资——这使我感到很惊讶，因为一般德国人是不会问这个问题的，他何

与骑友合影

以会这么直接地问自己呢？后来想大约是因为我的露宿给了他我付不起旅馆费用的印象吧，我当时的德语水准是无法解释清楚之所以选择露宿的诸多理由的：诸如省时省钱之外的与自然融合无违的好感觉，以及在异国他乡的大地上贴近了倾听天籁之声的妙趣，等等。果然，他就执意要帮着让我当天晚上住旅馆，住青年旅馆。到了施派尔以后他就骑车引领着我直接到了莱茵河边的一家青年旅馆。开始的时候值班的店员不同意我住宿，似乎是因为我没有会员证或者超龄。于是WALTER开始了一番坚定不移、据理力争的交涉，说这是一个在莱茵河边很少有的长途骑行的中国人，在德国旅行很不容易，我们要尽量给人家一点儿方便云云。最后那店员在请示了上级以后，就没有再坚持我不是会员的问题，也没有再坚持已经没有铺位了的问题，同意我住下了。

那老兄看我已成功住下了，马上就走了，临别的时候握手致意，还留了信箱。可是回国以后联系这个信箱也是再无音讯，从此失去了联系。他给我的印象很清晰，他是那种绝对坚持自我的人，不达目的誓不罢休而且绝不低三下四、总是据理力争的人。德国文化培养出来的这种努力争取自己权益的性格，是使整个德国社会科学正常运转的最基本的细胞。德国人性格中很少有奴性的请求，更多的都是这种据理力争的权利意识的表达。这既是民族传统，更是科学的制度建设的普遍化的良性结果。

我被安排住在顶楼的一个会议室里，他们给拽来了一个床垫，直接就把床垫放在会议室中间的地上。自己第一个动作是立刻找到插座，马上给照相机充上电，然后才是洗澡。这两件事情都是旅途中最稀缺的，一旦被满足就要立刻抓住。洗了衣服晾上以后，就算是将所有应该充分利用旅馆条件的事情都收拾停当了，剩下的那个最大的果实，在屋子里睡觉，则可以留着一会儿享用了。现在，轻松愉悦地拎着随身带的食物，下楼去到莱茵河边吃饭去吧。

面对夜色里滚滚而过的莱茵河水，感到有住的地方的"正常"生活真是无比幸福。葡萄酒喝到面酣耳热之际，身后有一群孩子经过，纷纷和我打招呼，说晚上好。听了好几个人这样说才反应过来，这是在和自己说话，于是赶紧回过头去回应。这群孩子都是来青年旅馆住着过夏令营的。德国孩子的假期生活有很多这样需要住在外面的时候，这对他们的感受力的培养，对他们日后独立地应对生活的能力的培养，都非常有效。

　　回到顶楼的会议室，躺在床垫上，躺在会议室的屋顶下，竟然很长时间无法入眠；不是因为条件差，而是太舒适了，太不用担心了，还有就是积累的旅途劳顿太多了。这沿着莱茵河的美妙的旅程，又结束了极其珍贵的一天；这一天里源源不断地出现在自己眼前的风光与景致，人和物，都被一点一点极其仔细地刻录到了头脑深处。

　　睡到半夜里，右小腿突然开始抽筋！赶紧努力扳着脚制止，虽然持续时间不长，不过那个劲头还是很难拿！这说明身体还是缺少了什么营养，或者是有点过劳。那热心的飞机场工作人员在最后几十公里一直在和我说话，我就不得不和他一样以他的很快的速度骑行，失去了自己骑行的节奏以后，就有点透支体力了。

　　第五天，5月24日，从施派尔到美因茨（MAINZ），138公里
　　因为早晨7点30分才开早饭，住宿费里就包含着早餐，吃过早餐再走显然是明智的。早早地醒了以后等着，不得不将一向黎明即起即行的习惯打破了。德国的早餐一向是丰富的，品种多样，营养齐全，品质纯正，味道还好。奶油、奶酪、牛奶、咖啡、果酱、蜂蜜、切片面包、牛角面包、法棍面包、瑞士黑面包、salami、烤肉片、鸡蛋、沙拉、苹果、梨、香蕉……所以这一顿饭吃了很长时间，吃得饱饱的。只有饥饿和疲劳才是最好的菜谱，每一样东西对于自己这样一个长途骑车的苦行者来说，都成了无上的珍馐美味。尽量满足身体的需要之外，还要尽量为未来的需要多储备一些。
　　这在整个莱茵河旅程中唯一没有露宿的夜晚，虽然充足了

电，洗了澡，吃饱了饭，但损失了时间，损失了一个人旅行过程中越来越计较的时间；尽量把每一分钟时间都用在旅途上，这成了一个人骑行过程中越来越强烈的偏执，所有与之抵触的事情都会被果断地放弃。这样的情绪与状态只说明一个情况：旅行需要调整与休息了。赶路的惯性使人在任何一个地方的停留都有一种时不我待一样的自责，这是一个人的旅程里的一个重要的问题，需要时时意识到并克服之。自己在施派尔就重新意识到了这个问题，于是就有了这个上午有意识地慢慢地走、慢慢地看的过程。

　　其实正是这唯一没有露宿的夜晚，使人有了另外的体验，住青年旅馆的体验。走的时候是不必查房甚至也不必退房的，因为昨天晚上入住的时候已经付过钱了，付钱就是付钱，没有押金；

施派尔的青年旅舍

所以吃过早饭收拾了东西就可以直接走了。不像我们经验中的旅馆，不管什么档次，都要押金。

虽然不用再办任何手续就可以走，但是自己还是将那会议室里的床垫竖起来，靠在了墙上。这大约就相当于收拾一下床铺吧，让人家往外搬的时候方便一点儿，也让会议室不显得太乱。莱茵河边的施派尔小城，紧挨着莱茵河，始终能听见莱茵河的流水之声的这家青年旅社，从此便给自己留下了永不磨灭的印象。

这是一个古老的小镇，街道上的建筑和路面上光滑的石头都让人恍惚，恍惚是到了中世纪的什么地方。以至于那些背着书包穿着现代的女孩子嘻嘻哈哈地街边上吃了早餐一起去上学的景象，从整个大的景致里看已经有点儿像是时间穿越的结果了。

古城很有特点，不过新区也就大致与别的地方类似了。城市总是千篇一律的，即使相对来说最为和谐的欧洲城市。市中心那种坐在咖啡馆闲看闲聊的街头场景也颇多雷同、乏善可陈，而乡村田野自然小路的格局，草木的分布和地理的形状却永远不会相同，永远可以让人有探索的欲望，即使同一个地方总的地理特征是一致的，各个不同地方的细节也还是千差万别。

离开施派尔以后因为不得不走很是曲折的路线，所以走了不少"冤枉路"。莱茵河边的自行车道在这一段被不断汇入的支流和岸边的工业区所隔离，方向忽左忽右，有时候还需要绕出去很远再折回来。

这一天，经过的大城市是曼海姆（MANNHEIM）。曼海姆是内卡河汇入莱茵河的地方，两河交汇形成的三角洲上的曼海姆早有盛名。而从这里逆流而上顺着内卡河前往不远处的海德堡的河边

施派尔古城

道路，也是一条经常被人提起的经典的自行车路线。

　　沿着莱茵河抵达曼海姆与坐火车、开汽车所走的路线自然都不一样，这样始终紧贴莱茵河的道路上，一路上都能清晰地看到莱茵河两岸的风貌。很有名的美国电影《血战莱茵河》中的最后的场景就是曼海姆这一段的莱茵河边。为了掩护盟军的谍报员过江，那个"反正"以后的二十岁的德国士兵毅然走了出去，站到了包围上来的德国军人面前。等待着他的命运，是就地枪决。而很可能就在他刚刚被枪决以后的第二天，盟军就会攻打过莱茵河……那个年龄和面貌还都是个孩子的德国士兵，在那样的时刻里必须做出的牺牲自己的选择，显得太过严苛，太过残酷！

　　莱茵河边的每一寸土地上都沾染过这个民族的沉重历史，今天的所有美好，都是这个民族在经历了无数惨痛的波折以后的最终选择。哪怕仅仅就只有这样从影视上得来的只言片语的感受，也可以明了莱茵河边的美景背后的深远的历史气息里的寒意，也可以让人无比珍惜在终于实现了的和平中享受天地之间的造化。

顺着莱茵河进入曼海姆直接就进入了曼海姆大学的校园。德国这些没有围墙的校园一向是和城市本身融合在一起的，在城市街道上走着走着就已经到了教学楼前了。这时候稍微注意一下就会发现，在广场花园和高大雕塑周围走着的，都已经是学生模样的年轻人了。他们背着双肩挎，骑车或者步行，三三两两地站定了说话或者急匆匆地赶着路，在树荫里水池边上看书，或者端详广告牌上的花花绿绿的贴纸广告，呈现着一种典型的校园景观和气氛。曼海姆大学古老的校园里，常有显然是历史悠远的古老雕塑，一个威严的人物，一头跃然不居的狮子，都栩栩如生令人叹为观止；而它们青铜材质的身体上落下的白色的鸟粪，像是被涂上了一层滑稽的油漆，恰好在威严与端庄之余显露出了一点点风趣。在这样安谧的校园环境里，所有的雕塑和建筑都沐浴在即便是在强烈的阳光照耀下也很明显的书卷气息里。

嗯，曼海姆大学是这么一个格局和样子；这种对于大学校园的观感积累似乎在为某种不是很明确但是又的确是存在的想象做铺垫，那就是未来自己的儿子或者别的熟人的孩子如果来留学的话，自己事先就对这里的环境有了哪怕是浮光掠影的印象，对其校园格局和整个的地理氛围都已经见识过了的心中有底。这种实证主义的地理经验的追求，是真正热爱地理的人的一种天性。

不知不觉出了大学，到了市中心那著名的水塔公园，也就是围绕着水塔的一片花园绿地。这座古老的水塔是曼海姆的标志性建筑，圆形的红砖建筑与仔细看是相当复杂的顶部装饰都是德国传统水塔的模样；德国人将水塔也建得像是摆放在公共场所的艺术品一样，这是他们的传统；后来在德国各地都见过类似的景象，有的水塔还会在顶部戴上一个类似德国钢盔似的暗绿色的帽子，显得非常阴郁而沉重，透着来自历史深处的冷峻与凛然。不过，这个时候在曼海姆城市中心的这个有着皇冠的水塔周围，却是一派休闲的安详与愉悦。人们有坐有卧，在正午的阳光里吃东西或者看书，聊天或者睡觉。

突然，有人在远处高声喊呵！几辆轿车快速开来，戛然而止于花园一侧，下来的几个人对着草坪与大树下正在休闲的人们很

曼海姆的水塔公园

不客气地进行着驱赶。原来是有人来拍婚纱照了，要把背景里涉及的所有人都赶开！我身边的一个老太太非常不满地嘟囔着，无可奈何地离开了。大家都纷纷站起来，颇有点敢怒不敢言地让开了镜头。对于这种明显干涉到了别人的公共利益的行为，如果是德国人所为的话，相信会有很多人起而抗争的。但是现在，大多数人却都选择了息事宁人，或者叫作敬而远之。这种不便于、不能公开进行争辩、公开进行抵制的不正常状态，实际上显示了德国内部诸多问题中的一个：某些人类似这样明显不文明的举止，一下就会被归结到他所属的种族的全体上去，变得不可触碰，连最具体的是非也不能辨析了。

　　穿过曼海姆，沿着莱茵河大桥到了对岸，到了曼海姆的比邻城市路德维希港。这是一个工业重镇，几乎可以说是曼海姆的工业区。没有进入钢铁林立的城区，马上就又重新走上了沿着莱茵河的道路。

　　河岸上经常有成排的非常粗壮的大树，在正午的时候投下浓郁的树荫，形成黑胡同一样的长长的树荫走廊。德国有专称黑森林的地方，而其实这样由数量众多的高高的大树密集地站在一起形成的黑胡同的效果，就已经是平原上的黑森林了。

　　在莱茵河边的德国田野上，在蔚蓝的河水之外，经常可以看到这样成排的大树点缀在金黄的油菜花田中、碧绿的草地或者草莓田中的景象。透过这些树冠巨大、树干粗壮的大树之间的缝隙，隐约可见远处村舍中白色的两层建筑的鳞次栉比的影子，那里就是一处村庄。村庄和田野之间，道路纵横，阡陌了然，自然和人居的诗意融合，让人百看不厌。应该承认，正是这样一幅幅美妙的诗情画意的德国田园景象，使自己沿着莱茵河的骑行，总是乐此不疲、兴致勃勃的。自己像是一直在一幅巨大的画卷里前进，看了这一部分还想看下一部分，每一部分和每一部分都不一样，一样的仅仅是它们都很美、很美。

这一两天的骑行，一直随着莱茵河在德国腹地前进，城镇密集，遥远的历史的与当下的生活的痕迹交混出现，很有点让人目不暇接的意思。但是即便是如此人类气息浓郁的地段，也依然为大自然留有足够的空间；除去工业区之外，莱茵河岸边茂树香

绿树浓荫下的莱茵河畔

花、云淡天高、天鹅野鸭悠然的场景总能给人以最原始的风貌完全无损的好感觉。德国女作家安娜·西格斯的作品大致就是以这一段莱茵河边的生活为背景的，无论是短篇《已故少女们的郊游》，还是长篇《第七个十字架》，都以莱茵河边她的家乡为故事场景，穿插了大量莱茵河两岸的风景与气氛描绘。《已故少女们的郊游》题目本身就充满了诗意，写法也是诗意的。以时空交错的方式回忆一次少女时代的郊游，将后来的事与当时的事交叉起来叙述，一个一个鲜活的生命后来无一不在战争和暴力政治之中死于非命，她们郊游时作为一个个生命刚刚绽开的花朵样的美丽，后来逐一消失在了痛苦和残忍之中。印象中的细节被散文样的笔调来回叙述着，虽然悲凉，却也如诗如画。笔调贴合一个多愁善感的少女心境，即使是从一个饱经风霜的人的角度看，也充盈着一种悠长的味道。而这次少女们的郊游就发生在莱茵河边，一景一物历历在目，让人倍觉亲切。骑车在这样的地方行走，就已经走进了西格斯所描绘的人物和风景之中。

沿着莱茵河到了河对面就是法兰克福的时候，头顶上的大型客机一架连着一架地降落着，几乎没有任何停顿。在允许的时间与空间最短距离上，在天空中排队下降的大飞机成了这一段莱茵河边的一大景致。这样的国际化的繁忙景象也与莱茵河的原始风貌并行不悖，只要离开天空下那特定的航道区域，河边立刻就又恢复了能听到流水浩荡之声的野趣里去了。

黄昏的时候，坐在美因茨的莱茵河码头上，夕阳最后的余晖逐渐从水面上消失了，但是隐隐约约地还是有光，有水就有光。猛一回头，实际上没有河水的岸上，已经相当黑了。吃饭，喝葡萄酒，略略的醺然里，回顾刚刚这一天的路程，再次确认自己正在沿着莱茵河作无拘无束的自行车旅行的事实，感觉十分惬意。任何疲劳和所谓的艰苦在这样的惬意里都完全不在话下。

一家中国人在附近出现了，夫妻俩带着孩子，男的不停地接打着电话，有很明显的南方口音。有意思的是旁边一个德国的男人居然也长时间地在接打电话，这在德国人中是十分罕见的。广场上刚刚有什么临时演出，正在拆台，那孩子骑着一辆小车子到处乱穿，孩子的妈妈不时大声地喊着，喊出来的都是在这个环境里显得很是异样的中文。虽然他们已经在德国生活了看来不是很短的时间了，但是那种全无顾忌的、完全像是在家里而不是在公共场合的高声大嗓，却是没有任何一点点改变。

坐在莱茵河边的这广场上，吃着三明治，喝着葡萄酒，面对着别人的生活场景，既置身世外，又实实在在地就在生活之中。这种只有旅行者才能在异国他乡获得的感受，很奇妙，虽然掺杂着一点点孤独和寂寞，但是终究还是有着一种因为距离、因为可以俯瞰而来的超拔的愉悦。

对岸就是灯火灿然的法兰克福，虽然人造光耀亮了半个夜空，但是很安静；安静得让人始终能听见莱茵河水流淌的自然声响。这样完全没有牵挂地在河边上坐到了有了困意，才起身收拾了行装去找露宿的地方。

夜色已深，一个人骑车在城市里逡巡着寻找恰当的露宿之地，这在整个沿着莱茵河的旅程中都是一个颇费周章的事情。虽然大多数时候选择得都很不错，不仅要比那种去找合适的旅馆，将下榻作为一件很耗神的大事情来做的普通的旅行省事省钱，而且甚至总是能选到最佳的露宿之地，但是也有找了很久始终找不到合适地方的时候。

这一夜的露宿的地点，最终选在了距离莱茵河很近的美因茨大教堂的INFORMATION（信息发布点）门前，这是一个通向教堂侧门的胡同，在夜晚教堂关门以后就成了死胡同。码头上虽然有很多空地，但是人来人往不安全，而且过于宽敞的地方风很大，不适合露宿。躺在教堂侧门的台阶上，客观上说是避风的，也不是路人都能望见的，而且理论上还有上帝的照抚，相对要稳妥一些。果然，在这里将筋骨舒展地躺下以后，厚重的教堂建筑的阴凉与不远处莱茵河隐隐约约的流淌，为自己这又一个每个细胞都充分敞开了一整天的兴奋骑行，画上了完美的句号。一夜好眠。

第六天，5月25日，从美因茨到安德纳赫（ANDERNACH），147公里

露宿醒来、成功地露宿醒来的喜悦虽然依旧，但是收拾好了以后急迫地一出发，就感觉屁股实在太疼，挨不了座位。经过连续多日每天一百多公里的骑行，体力上应该说还是能承受的，唯一不能承受的就是屁股了。这种硬座的山地车，显然不适合长途骑行；可是在德国，没有更多的选择余地，有一辆可以变速的车骑着就已经很不错了。现在，它的弊端显示了出来；万万没有想到，自己的全部旅程最后就栽在这个刚开始骑车的时候不大以为然的小小的座位过硬的问题上了。尝试着用不同的角度沾座位，或者干脆就站起来骑车，但是终究都不是长久之计，很快屁股上的疼痛就不得不让人一再下车推着走了。而且因为要恢复绝对不

是一天两天能够实现的，必须经过几天的休息才有可能再骑车而不感觉到疼。

在天色尚暗的黎明中，给自己刚刚躺过的教堂门前的台阶位置照了张照片，然后很有点依依不舍地离开教堂，离开美因茨，重新回到了莱茵河边的自行车道上。豁然开朗的气象和已经逐渐展现在眼前的全新的河畔景观，让人再拾每个黎明、每次重新出发的时候，都会油然新生般的喜悦。

在威斯巴登与莱茵河之间的堤岸上经过，在晨雾之中看见自行车道边上有一个敞开着门的铁皮书柜，上书：BÜCHER SB，意思是可以随意地自由地取阅的书籍。仔细看，铁皮柜上部是有一个长长的檐的，可以挡住雨水。这样的柜子是定制的，并非旧物

村边的无人图书橱

的利用，而是专门为了这样放在河边放在户外的自由图书阅览所需制作的。在莱茵河边的骑行中，见过无人售花、无人售蛋，这是第一次见到无人借阅！这给人很深很深的印象，能让这样的无人书柜正常"营业"，说明人们的整体素质和整体文明水平都已经相当高，不会有谁把这里的书全部拿走，不会有谁故意损坏这样的彻底敞开向所有人的公共设施，不会有谁用剪子把自己喜欢的书页剪下来……

在莱茵河边的晨雾中，除了这安静的书柜之外就是在沼泽地上空的雾岚中飞翔着的巨大水鸟的身姿了。骑行在这样美妙场景中的喜悦与愉快，让人彻底将屁股的疼痛抛到了脑后。

严格按路标走R3，结果上了山，离开了莱茵河。山上风景虽然也不错，但是毕竟是离开莱茵河越来越远，云深不知处了，还得原路回来。看来任何时候，如果完全抛弃自己的判断而只相信路标，那都是靠不住的。抛开一味按照路牌指示走的僵化模式，由自己的判断来决定方向，才终于又回到了莱茵河边。

终于找到了一个隐蔽处解决了基本问题。刚才在山坡上的时候正要蹲下解决这个问题，突然来了一辆拖拉机，被打断了。现在顺利解决，然后洗手，吃饭。没有水了，只有点儿酒。这时候的时间是8点40分，出发已经二个多小时了。

骑行状态，尤其是在这样陌生的、新鲜的地方的长途骑行状态，一直是自己认定的人生中最为审美、最为壮阔、最为美好、最为激动人心的段落。即便是已经出来这么多天了，已经骑到了屁股疼的程度了，这样的好感觉也丝毫没有减少。在这样的状态里，人生可以重回童年对未知世界、未知地理环境的强烈探知欲，可以在现实的地理画卷中享受到任何艺术品都不能如此高远壮阔地予以展示的无限美妙。

不知道什么时候，也不知道确切地是从哪里开始的，似乎突然就进入了著名的"莱茵画廊"河段。莱茵河谷在这一段变得异常狭窄，河边的道路上也不再有自行车道的划分。如果一直按照自行车道的标志走的话，经常就直接上了山，在山坡上陡峭的葡萄田里穿行。往往是起伏很大而前进的路程有限。后来只好就走没有划分出自行车道的公路了，在公路上尽量贴着边儿走，尽量以最快的速度通过。

这就是有固定的观光游船在河面上往来的莱茵河古堡与葡萄田风景段落了。几乎每一座山峰上都有古堡，几乎每一面山坡都开辟成了像梳子梳过的头发一般整齐的葡萄田。山峰古堡和葡萄田在青绿的莱茵河里投下深深的倒影，成了游船上的游客们一再惊叹的人间奇景。相比他们，自己在岸边上骑车而行的惬意，不仅脚踏实地而且行止自由，愿意在哪里多待一会儿就在哪里多待一会儿，坐在河边的长椅上面对包括游船在内的一切风光，骑车旅行者的优势尽显无遗。而实际上，只要在长椅上一坐，自己很快就能进入睡眠之中。哪怕只睡上十几分钟，醒来以后也会重新精神焕发；再次面对眼前的美景，再次自我确认自己正身在幸福之中，不禁就会笑出声来，甚至还会自言自语一些话，一些感慨，一些抒发。

在这莱茵峡谷的一个小村村口超市买了一次东西，花了4.91欧，买了面包、萨拉米、苹果、葡萄干和香肠，还有纸盒装的葡萄酒，这些是基本上可以支撑两天的饮食需要，也是自己骑车旅

莱茵画廊地段

行的时候购物的最标准版本。当然，酒在两天之内是喝不完的，虽然今天面对河谷上的葡萄田也许会多喝一些。

　　山坡上的葡萄田因为倾斜度很大，所以从下往上看过去，几乎就是直直地在墙壁一样的山坡上将一切都展现在你眼前了。那种线条明确的葡萄垄之中，是一系列白色的水泥矮柱，它们像是墓地里密集的十字架，标志着看起来很平常的土地里的深远历史。而事实上，从这片非常特殊的审美的土地上生发出来的不仅仅是葡萄和葡萄酒，更有无数的艺术作品。透纳画的莱茵河古堡展现的是几百年前这一河段的景象，而屠格涅夫的小说《一江春水》所描绘的放暑假的俄国大学生和德国农村姑娘的爱情故事也是从这一段著名的峡谷里开始的。《一江春水》里，屠格涅夫所关注的是特定年龄段与特定地域里的人的状态与景的状态，他对爱情，对爱情中人的状态有着浓厚的兴趣，至于那不完备的故事大约是他为了应景而临时编的，不是他的长项，也不是他真正的兴趣所在。他的兴趣都在描写爱情的开始与发展的过程之中的细节，那种男女之间特殊的张力，纯洁的萌动与炽烈的表达，还有这两者之间必然存在着的波折，都是他格外关注也格外有独到感觉的。当然，爱情展开的场景与爱情在屠格涅夫那里几乎是同等重要的；他在小说中对莱茵河谷的描绘，对葡萄庄园里的农户生活场景的刻画，似乎现在你只要向那峡谷上整齐的葡萄田里一瞥就都可以全部望见一般。

科布伦茨（KOBLENS）的"德国之角"是这一段莱茵河游船旅游的终点或者叫作起点。那里是两河汇流的地方，摩泽尔河（MOSEL）汇入莱茵河的地方。德国之角的"角"就像是一艘庞大舰船的舰首，正在锋利地劈开河面，面对莱茵河远去的方向。我先在科布伦茨市区里转了转，再骑到这"轮船"的舰首位置上的时候，天空中的乌云缝隙里正有万道金光破云而出，形成了古典油画中见过的那种神光景象。舰楼顶端上那骑着高头大马的威严的青铜雕像，在这样的光芒中气势跃然，好像随时准备一跨而出，在河流之上的无垠天空中直接高蹈而去。这时候，光与影在游人的面孔上快速移动，站在这大河汇流的伟大的地理位置上，每个人都像是正在经历上天崇高的洗礼。这样的地方被命名为"德国之角"，正如德累斯顿面对易北河的一系列建筑之下的条

德国之角的"角"

形广场，被称为"欧洲阳台"一样，所得不虚，名副其实。

虽然说在好的风景里待再久，也不会丧失感觉，也还会认定这里的好。但是对于非定居者的旅者来说，爱上一个地方而停下来不走了，那是很难的。他们的心是跃动不居的，总是期待着在远方还有更好的风景，不能在一个风景里浪费太多时间，要刻不容缓地继续自己的旅程。以这样的心态告别科布伦茨、告别德国之角的时候，也就在心怀不舍的同时心有所往，毅然决然了。

这一天，虽然屁股很疼，但还是跑了147公里。尤其是离开科布伦茨之后的最后一段行程，比较出数。在黄昏以后的晚风里又顺着莱茵河骑出去很远很远。这一夜，住在古城安德纳赫。

夜色降临之后，因为刚刚下过雨，古城里很有点儿潮热的意思。又在打闪，好像意犹未尽，还有雨。骑车在古城里转，寻找着合适的露宿地点。远远的小公园里有流浪汉对着我喊：KOMM HIRE（来这儿）！挥了一下手算是回应了一下，没有过去。流浪者的成分复杂，其间不乏不可预测之人，远离为妙。公共汽车候车亭不错，不仅有顶，三面还都有玻璃墙，又遮雨又挡风，但是已经有一个流浪汉睡在那里了。

最后选择在一个市场边上类似国内的宣传栏的遮檐下，不太理想，因为旁边总是有人来回走，广场上的酒座很热闹。刚刚躺下就有两个路人评论说，呵呵，马上躺下就睡了，你怎么样，也能这样吗？另一个大约向这边凑了过来，摇着头说，呵呵，我可做不到。

很快就下起了雨，哗哗的，不仅地面上的水能溅过来而且上面的阳台也滴雨。睡袋和防潮垫都已经湿了一部分了，只好赶紧卷起来快速跑向不远处一个有顶的门廊，那似乎是古时的一个门洞。不过，那里更是一个交通要道，灯光还十分强烈。没有办法，只能睡在这里了。其间不断有人走过，嘻嘻哈哈地高声说笑着，可能是刚刚喝过酒的缘故，隐隐约约地是在说我这露宿者，还有人凑过来看上一眼。这种状态一直持续到黎明，自己虽然在梦里但是都有感觉，不过装着什么都没有听见，继续睡。这些人的言行和德国人尊重他人的"生活方式"的敬而远之的一贯做法是不一样的，只因为他们喝了酒。德国人在作为球迷和酒徒的时候往往是失态的，当两种可能性集合到一起的时候失态就会更为

从德国之角到安德纳赫的路上

普遍，甚至具有集体传染性。

　　还好，这些喝了酒的人只是凑近了呼喊，没有人动手，没有人直接干涉。这是整个莱茵河骑行过程中最糟糕的一次露宿。露宿者，特别是孤独的只有一个人的露宿者，天然地就处于一种弱势地位，不论是其躺在公共场合的姿势还是他随遇而安的"不讲究"都能使任何目睹者产生自己比他要优越和高大的感觉；正是这种感觉给了他们非理智的可以随意予以干涉的幻觉。

　　第七天，5月26日，从安德纳赫到科隆，90公里
　　黎明的时候一醒，马上就起来了。周围反而没有人了，安静了。回忆起来，昨天夜里或者是今天凌晨，是直到灯灭的时

候，自己旁边才绝了人迹的。早晨的街市变得极其安静。收拾了行李，推车离开。回头一看，睡了一夜的门口其实是一个古老的骑楼，楼下是走廊，楼上有至少三个窗户，再向上还有威严的阁楼；暗淡的石头建筑呈现着一副坚固的堡垒式的模样。这在古代一定是一个重要的城门。昨夜就是在这样一个古代的门洞里度过的，那一方自己躺下睡觉的门廊里的土地上曾经走过多少人类的脚步，从古而今，实在是不可胜数的，也是足可以调动不管多么丰富的想象力也都难以穷尽的。

骑车又在古城里走了走，到处都是夜晚的喧嚣以后的异常沉静。一个圆形的水塔建筑在古城的城角上，很是惹人注目；它圆形的桶状墙壁上有一处显然是炮弹或者炸药袭击过的坍塌，那一片坍塌显然也已经存在了很多很多年了，却一点儿都没有影响水塔的整体结构的继续矗立。这是在德国的很多老建筑上经常可以看到的战争的痕迹，通常都是二战留下的。德国人一般都采取只要没有坍塌之虞便不予修缮或者修旧如旧保留原貌的原则，让历史直接呈现给后人。

这个水塔上还有很精致的雕塑，使整个水塔不像是水塔而更像是一座古代碉堡。德国的水塔经常是这种被顺带加工成艺术品的建筑样式，有的水塔上有雕塑，有的水塔上有瞭望窗，有的水塔上则会戴上一顶类似钢盔的帽子，还有很特别的就是曼海姆那样戴着皇冠的水塔了。在岁月流转之后望上去，总给人一种沉郁阴森的感觉。这个民族所经历的人间繁荣与衰落，其大起大落的程度从来都是剧烈的，在一切都早已经烟消云散以后，只有在这样古老的建筑上还能让人感受到其深远沉重的气息。

码头上的老吊车

　　在城里骑车慢慢地走了走，早晨5点30分天逐渐有了亮色以后才离开安德纳赫。刚开始的路只是铁轨旁一条窄窄的小路，后来进入到了水泥高架桥的下面，显得很是阴暗压抑，彻底离开了城郊之后才又重新回到了莱茵河边的那种开阔的山谷里为雾岚笼罩的宁静之中。路边的灌木上盛开着的白色花朵，在雾的流动中朦胧隐现，小路迢递而去，不见尽头，让人可以永远驰骋。

　　就这样顺着莱茵河以这几天已经养成了的早起早行的习惯，飞快地骑车奔驰着。过了一个叫作NAMEDY的小村子以后，见到几辆在莱茵河边的空地上扎营的宿营车，车后面都挂着自行车。这是德国人在夏天里的一种度假方式，全家开车到河边，用轿车带着宿营车，在规划好的宿营地里扎营；宿营地有水有电，只需要付不多的费用就可以享受这些基本的生活条件，住多少天都没问题。在这里，已经将过分干涉人生活的商业化的东西全部去除，不必和旅馆饭店打交道，不必和旅行社打交道，可以骑车沿河运动，可以在河边看书，能让人充分放松，充分享受大自然的美景。这样的度假方式一定是全世界未来的潮流，是任何一个社会在充分发达以后，必然要实现的更理想的旅游休闲状态。

在REMAGEN，莱茵河边的简易码头是伸到河中的一个有护栏的栈道，这个栈道和河边的山顶上一棵树冠巨大的树，一下一上地呼应着，让人感到饶有趣味，不由得就站定了欣赏了一会儿。这一带的莱茵河岸边，树木掩映、水草婆娑。汇入莱茵河的支流上的木制廊桥显然已经有了数百年的悠远历史，在蔚蓝的河水和碧绿的灌木之间，廊桥陈旧的木色显得那么和谐，仿佛不是人类多少年前所建而是和周围的山川草木一样，是上帝赐予人类的全部的美的一部分。

比预想的快了很多，已经到达波恩了。波恩是西德的首都，这是一定要离开莱茵河上去看一看的。上到堤岸高坡上，就进入了波恩大学的开放式的校园。大面积的草地和森林之间，是些教学性的建筑。很快就能转到老街巷之间的波恩火车站。波恩更像是一个小镇，而不像是一个大城市，更遑论首都了。但是二战之后的西德就是以此为中心，创造了震惊世界的经济奇迹和文明成果。据说当年选择波恩作为首都，就是因为它的小。如果选择以前曾经作过首都的大城市法兰克福的话，那日后就再也没有将首都移回柏林的可能了。所以在投票选首都之前，媒体是做了大量的宣传解释工作的。最后选择小地方波恩的还是略略占了多数，

令人沉醉的麦地

因为多数人还是有柏林的首都情结，都更愿意在未来重新将首都移回柏林。德国人的高瞻远瞩现在已经被证明是慧眼独具，柏林在重新成为德国统一后的首都之后，已经再度发展成了政治与文化的世界名城。

　　骑车在波恩火车站转了转，看了看留言板，没有曾经共同徒步意大利的王姓同学来过的迹象。原来说过他这一天也到达这里，然后一起骑车去科隆的。这里到科隆，标志牌上写的是35公里，近在咫尺。

　　从波恩到科隆，一路上都是沿着莱茵河的森林草地路段，骑车的人散步的人明显多了起来，有一种沿着莱茵河一路上少见的热闹。这样的热闹也就是所谓人气旺盛，在德国是最能吸引人的；很多德国人都是冲着这份热闹凑过来，是源于对于热闹的渴望来参与到这样的生活场景里来。因为孤独与孤单是生活的主调，而安静和界限分明又是他们的传统，所以当有很多人在某种场合里凑在一起的时候就显得格外兴奋。圣诞市场、跳蚤市场、足球场和这夏天的莱茵河岸上，都是这样的场合。

　　下午1点的时候就到了科隆。这一天跑了90公里（总里程数是824.11735公里），是所有骑车的这几天里最少的，也是最顺利的，没有走冤枉路。原计划再走上50公里，到杜塞尔多夫的，时间和体力都是没有问题的，可惜屁股太疼了，座位太硬，而且有点审美麻木。所以决定到了科隆以后，直接去火车站，回汉堡。

波恩大学

科隆郊外莱茵河边的跑步者

结束这次莱茵河之旅。

　　事后回忆，其实当时除了这个屁股疼的理由之外，自己也进入到了一种旅行的麻木期，就是对眼前的一切，神经反应都已经有点儿僵化，什么感觉都没有了。骨子里是身体的疲惫与精神的疲惫同时到来了。实际上最正确的决定应该是休整一天甚至两天，然后再走。那样的话可能就不会留下这么大的遗憾，以至于再无机会将科隆经多特蒙德到德国边界这一段莱茵河走一遍了。

　　科隆是自己在萨尔布吕肯时期专程来看过的城市，不过那时候不是骑车，远没有看到这城市的边边角角那么多地方，不过是在核心的教堂景区和莱茵河边徒步走了走而已。

教堂是宗教建筑，但更是审美建筑，是人与自然和谐的一种标志。人类在教堂的背景下活动，更符合自然之道。自然中有高耸的教堂，也显得更温暖和诗意。教堂其实不必多么多么高大，在人类聚居的地方，只要尖顶可以没有遮挡地露出在地平线上即可，就符合了宗教的从而也是审美的原则。

在德国和欧洲的诸多经历中，在骑车旅行的途中，在火车上凭窗而望的一瞥中，多少次都被这样有着教堂尖顶支撑的地平线所打动，为教堂的钟声所陶醉。科隆的教堂是教堂的极致，和乌尔姆的教堂一样都属于世界上最为高大的教堂了。你在教堂周围的街道上几乎是需要躺倒才能望见教堂的尖顶。在历史上相当漫长的时期里，大约都能在距离科隆还十分遥远的地方就望到了这教堂的雄姿。它不啻为陆地上的"航向标"，给路途上的人们在远远的地方就标出了城市的方向。

大教堂的台阶上或行或止，站满了世界各国的游客；有刚刚从旁边的火车站里走出来的男男女女老老少少，有初次旅行的年轻人，有将恋爱的浪漫置于异国的旅途中的情侣，还有被导游打着小旗领来的成群结队的人。大教堂下的台阶上是世界各国的人们的一次集中展示，兴奋地仰望教堂的人，指指画画地说着话的人，找角度拍照的人，形形色色，林林总总，是一幅比教堂本身的魅力一点也不差的人类行状图。

如此高大的教堂自然有着非常宏大的内腔，大家免费进入，进入到中世纪的幽暗与肃静里，在昏黑的气氛中小心翼翼地东张西望着。因为人流太大，大家实际上无暇从容安静地欣赏那些建筑的细节和气氛的微妙处，多数人都是进来一看就又赶紧出去了。古代建筑的昏暗与宗教建筑的肃静，都不是现代人很愿意接受的东西了。

其实科隆大教堂的妙处不只在教堂本身，更在城外流淌而过的莱茵河。只有在河边树荫下草地上慢慢地坐下来野餐的时候，享受着蓝色的河水的清幽，再回望城市上空教堂尖顶的雄伟，才是最佳的体验位置。

经过意大利的九天徒步旅行，又经过沿着莱茵河的七天骑行，这时候自己整个人处于一种随时随地都可以睡着，并且马上进入深睡眠的状态。一开始坐火车这种睡眠状态就不断地到来，十几分钟，甚至一分钟都能入睡到很深的程度；而醒着的时候也是哈欠不断。

晚上20点28分的时候在不来梅（BREMEN）转车，给老慕打了电话，通知他赶紧去比勒菲尔德的车站2站台上去拿自行车。当时在那里倒车的时间太短，来不及给他放到车站外面的停车处去，而站台上是不允许放自行车的。

旅行结束了，天气一改多日的烈日状态，冷了，T恤衫里面穿上了秋衣，从外面看仿佛有套袖一般，好在是在国外，什么打扮别人也都不以为怪。

这一天深夜，终于回到汉堡，回到了家。

从去意大利开始，这半个月时间，只有旅行，没有通讯，没有信息，没有新闻，没有电话和网络。被阳光晒得黑黑的四肢和脸，已经泛着一种皮肤灼伤以后的让人不得不小心翼翼尽量避免碰到它们的疼。自拍的照片上，自己拥有了圣徒一样的目光，坚定而自信，充满了经历和内涵。

不管怎么样，至少现在、今夜不必再去寻找合适的露宿点了，可以安然地在屋子里睡了。这是怎样的幸福啊！一直到5月27日正午都在酣睡。梦中一猫，身拽小车上树。不幸勒死。我上树解下，人工呼吸，无反应。这时候医院正下班，一个穿着白大褂的女人撇着外八字从不远处走过，喊她，问人工呼吸是否对，她闻声走过来时手里已经感觉到了热气，猫活了。于是泪如泉涌，哭出声来（另一只以前的无人搭救的猫就这么死在了树上）。

相信，这从梦里哭到梦外的哭，不单是为了那梦里的猫的复活，更为了梦外自己成功地完成了最主要的一段沿着莱茵河的骑行旅程。

从埃默海西到鹿特丹莱茵河入海口，历时三天

按照从上游到下游的顺序，整个莱茵河边除了从科隆经多特蒙德到德国边界一段没能骑车行走之外，上游和下游的两段都完成了沿河的骑行。下游主要在荷兰境内，骑行的时间要比上游那一段行程稍早些，是当年四月底的时候。

第一天，4月28日，从德国的埃默海西（EMMREICH）到荷兰的一个小村庄

这一天实际上是先从汉堡到纵斯特（SOEST，或译苏斯

特），再从纵斯特乘坐火车到了德荷边境上的小城埃默海西，然后骑车经过莱茵河大桥以后顺着莱茵河大堤进入荷兰的。

清晨从汉堡伐木森（FARMSEN）出发的时候，还是有一种要出远门的激动的。走过尚在夜与昼交界处的朦胧里的林荫小径，一种像老鼠一样在灌木丛里窸窸窣窣找食的鸟儿总是让人将注意力一再转向它们。这是一种体型中等的灰黑色的鸟，非常习惯于在灌木密集的根茎中间觅食，踩到树叶就会发出哗哗啦啦的声响。很少看到它们飞翔，它们总是在地面上奔来跑去，像极了老鼠。一旦循声而望确认不是老鼠而是鸟的时候，便会再次释然。

晨六时坐上U-BAHN（地铁）去火车站，在13A/B站台上车，倒了几次车之后才奔纵斯特而去。

在德国乘车，在欧洲乘车，没有以前乘车经验里的那种普遍的慌张感。欧洲人的从容并不单纯是教养或者文明的果实，那更是一种有制度保障的从容。倒几次车，在哪个站台倒车都是有事先明确的行程表做了标志的。旅程中的一切不确定因素都已经消除，仅需按部就班就可以了。这样乘客就完全可以沉浸在自己的若有所思里，而不必为行程中的事务性琐事而太过操心和不安。

中午1点多，火车如期到达。同学在站台上等着呢，靠在那里，推着的大车子后面一左一右各有一个金属筐，放东西非常方便。分别一段时间的同学见了面，都由衷地感到高兴。

粉红墙壁的纵斯特火车站是一栋三层的小楼，上下车的乘客寥寥，如果不是门口停着两辆奔驰出租车，实在看不出是车站，而更像是市区里的一栋商店或者饭馆建筑。

离开火车站广场稍微一转，过了地道桥就走进了纵斯特郊区风貌的街道里了。沿途的杨树叶子还没有完全长成，嫩绿的颜色与一种开白花的树丛（女贞树？）和一种开紫花的乔木（紫叶李？）一起将街道点缀得生机盎然。一栋栋互相之间都有十几米距离的别墅建筑一字排开，这就是纵斯特普通居民的家了。

这其中一栋便是同学住的别墅，德国的房东另有房子，就将这里完全交给他住了。赶紧做饭，超市买了一些东西，又给我推出一辆自行车来，一人一辆车到车站。买了4.5欧元/张的自行车票，继续利用我手中的那张从汉堡来的依然有效的周末票，几经转车，到了边境上的最后一站埃默海西。

下了车，奔到莱茵河边，在埃默海西临河观光平台上遥望莱茵河，兴奋地请人给合影。然后骑车上了莱茵河大桥。回头望，埃默海西的工业区裸露的钢铁管道和大型厂房与烟囱占据了河边相当长的一段，甚至还有黑烟在不断冒出，形成了一种类似正有旧式的轮船在莱茵河上行进着的错觉。以为桥的中线那边就是荷兰了。结果沿着那边的岸走了很远很远以后再一问，才知道国界还在前面呢。不过有一点，过了桥就没有工业区了，完全是一片风吹草低见牛羊的农业社会景观了。再向前一段距离以后的大坝上，标志牌上的文字出现了变化，不认识了。不过，除了这点文字上的区别以外，别的风景与物象都没有任何变化。无一兵一卒，也没有检查站之类的设施，或者国门之类的东西，甚至连国界的标志界碑都没有。只是在小马路上很不规范地画着一道白线，这显然不是国家行为而属于某个人的个人行为，并且很可能仅仅是出于一种凑趣的动机。于是，也就有人站在这条线前煞有介事地拍起照来。

　　如果说自然景观上有什么变化的话，那就是荷兰的大地更加平坦，所谓一望无际、直视无碍，没有了德国经常可以看到的那种丘陵起伏的地平线。在荷兰这样的纯粹平原上骑车，遥望着无垠的远方，就很容易让人觉着遥不可及；所以只看眼前的景致便好了，不必看得太远，虽然很容易看得太远。

　　莱茵河上壮丽的黄昏终于将天空中最后一抹颜色也渐渐变成了灰暗，夜色降临了。在夜色中离开大堤，就近拐向最近的一个村庄，或者是小镇。

　　先想当然地奔着耸立的教堂而去，结果发现教堂旁边就是墓地。睡在这里虽然无人打扰，但是未免不吉利。于是重新回到村中池塘边柳树下的长椅上吃饭，消磨着时间，等待着夜色再深一些，村子里的公共场所彻底没人以后再找合适的地方。果然，一个多小时以后，按照这个思路在村子里的一个运动中心的台阶旁边，找了一处背风的屋檐下的好位置，两个人就地铺开睡袋，几乎没有什么停顿地便酣然入梦了。

　　两个人一起露宿，比自己此前去易北河口的时候一个人露宿还是要方便很多：互相有个依靠，觉着夜里有什么事情的话，即使自己听不见，伙伴也还有可能听见。正是这种互相的依靠感，使人放松，使人增强了其实完全属于自我感觉上的安全感。

　　第二天，4月29日，从莱茵河边的小村庄到鹿特丹（ROTTE—RDAM）

　　睡到天亮，6点多离开，重新上到堤上，继续走。到达的第一个城镇叫作NIJIMAN。这里显然还没有从沉睡中醒来，整个城里

荷兰境内的莱茵河的黄昏

的大街上都没有人。莱茵河穿城而过，河水在这里不再需要很高的大坝，平和而宽阔，舒缓而平静。大轮船已经很少见了，只有些平底的驳船偶尔驶过。更多的是小船和游艇泊在岸边。

　　继续在这令人愉悦的早晨骑行着，逐渐的，荷兰大地平坦无边的特征彻底显示了出来，非常平整，非常宽阔。奶牛和骏马自由地在草地上吃着草；耕地和草地总是间作的，碧绿与黑黄之间的节奏，像是大地上琴键的变换。

顺着大堤看河流遍布的平原景色，在林荫大道的阴凉里骑行；鳞次栉比的粗大高树在路上投下不怎么间断的阴凉。道路边与田野上，成排的树木和无限延伸着的水道形成了一条条几何线，花草繁茂，流水清澈，树影婆娑。这个季节里碧绿的草与树，纯白的草花、灌木花，是点缀整个大地与人居环境的最主要的两种颜色，偶尔有一棵红花的树，有一片紫色的田，或者快要结籽了的黄色的油菜花地，就显得格外悦目。

要知道，这并非城里刻意维护着什么的公园，而只是郊野大路旁的寻常大地景观而已。荷兰的田园的确已经做到了彻底的园林审美，人居就在公园样的环境里，公园样的环境不再是被圈起来的园林而成了整个国家的一般性风貌。

严格地说，这里的公路都不是很宽，对向双车道而已，奇怪的是很少见到汽车，如果不是常有限速的圆形牌子的话，还真怀疑是不是有汽车行驶呢。公路上总是用橘红色将两侧的自行车道明确地标志出来，其宽度比汽车道窄点有限；这种并非城市里的自行车道，纯粹是为户外骑行而设计的。相反，后来在城里的街道上还真是没有见到如此宽阔和规范的自行车道。

常听说荷兰是自行车大国，仅从这样的道路细节上就可以略知一二了。路上经常可以遇到成群结队的穿着骑行服风驰电掣而过的骑行者们，也能看到一家人用自行车带着车斗，车斗里坐着娃娃的骑行景观。路上的自行车种类很多，既有一般的公路赛车、旅行车、山地车，也有国内比较罕见的躺车、密封车、挂斗婴儿车。荷兰国土面积不大，且都是平原，少有上下坡，很适合使用自行车。现代的运动休闲习惯使人们很自然地选择了这种历

林荫下的道路

如画的田野

史上最日常的交通方式，以之来做运动与审美的享受。

　　沿着莱茵河，顺着莱茵河大堤（越是接近大海，大堤就越平缓，甚至于接近地平面的高度了），穿过一个一个村庄，古老的风车经常是一个个村庄的标志。远远地望见了古老的风车，也就预示着又一个村庄将要出现了。仅仅靠着树木和一两层的居住建筑，荷兰人就把整个平原上的视野搞得有声有色，非常耐看。

　　越是接近大海，堤坝越是矮小；那种竖立的石块铺就的堤面显示它们的存在历史已经很是悠久，而堤坝上粗大的树木更直接暗示了这样的风景已经存在了上百年。

　　荷兰人把自己的村庄小镇经营得饶有诗意，居住环境尽量保持着农业时代的街巷狭窄而适宜人步行的格局，到处树影婆娑、鲜花盛开，孩子们在家门口玩耍没有车辆干扰，健壮的荷兰女人站在路边上聊天说话，神情怡然；而一家一户的生活起居与农业时代里那种邻里相望，互相说话很方便的状态非常接近。在多数村镇，即便是有可以走汽车的公路也都只是够用即可，绝少宽宽的大马路。骑车穿越一个一个这样的人类聚居点，什么也不用说、什么也不用做，就已经是穿行画中，不知不觉就做了画中人了；实在是一种莫大的享受。

　　莱茵河因为接近大海而变得愈发舒缓而开阔，横跨河面上的特大桥是骑向鹿特丹的必由之路。上了这莱茵河上的大桥以后，可以看见沿着河有很多巨大的现代化白色风车一溜排开，在这因为接近大海而风力强劲的地方持续地工作着。它们脚下的莱茵河蔚蓝如海，越过海一样的莱茵河，一望无垠的平原看到底也还是没有城市的影子，在地图上显示就在附近的鹿特丹反而像是变得

合家骑行

越来越遥远了。桥下的沙滩是游泳场，人们开车而至，车辆停在河边，没有收费的，也没有管理的。大家自由地穿着泳装在河边的沙滩上嬉戏玩耍，在河水里游荡，充满了自然天成的野趣。

荷兰的有钱人大多住在大城市的郊外，大城市郊外的村镇和小区是生活质量比城里更高的地方。这一点在逐渐靠近鹿特丹的骑行过程中，耳闻目睹，深有所感。这些比较高级的郊区生活点都依托原来的村庄，在不改变村庄原貌的基础上，从交通到通信再到上下水道等一应基础设施都非常完备，而环境又是安静而宁和的，宜

莱茵河边的村镇

人而符合人性的。

　　接近鹿特丹城区的时候看到了新建的小区，进去看了看，其现代化的格局和努力与既有的村镇格局保持一致的样貌，都让人过目不忘。大面积的绿地和绝对宽阔的建筑间距都令人惊喜，在我们的经验是这样的小区是绝无仅有甚至是完全不可能的。即便是全国的样板小区深圳的华侨城，也很难望其项背。除了硬件上的差距之外，这种一切都尽量保持环境中的原始自然风貌，对自然的东西尽量保护至少不过度开发的理念，是让人赞不绝口的。

　　夜幕至时才到鹿特丹。果然城里的楼宇很多都是外国人居住着的，常见的火柴盒式的居民楼比比皆是。奔市中心，找到火车站，先去买了第二天返回德国的火车票。然后就骑车过了那座著名的倾斜大楼边上的大桥，到了码头上。那座倾斜大楼之所以有名，是因为成龙曾经在一部电影里攀爬过。那个镜头为鹿特丹的这栋楼在华人圈里做了活广告。

　　码头上有很多工业雕塑，利用废弃的码头设施搞成依旧伫立在原地的艺术品。废物利用搞成的雕塑和依旧在使用的码头设施混杂在一起，常常让人误以为那也是雕塑作品，及至其突然运转起来才意识到雕塑和非雕塑的区别实际上就是有用与无用。还有用的就不是雕塑，没有用的就已经是雕塑了。在这一带有用无用的工业设备林立着的码头区域里，有家华人饭馆，饭馆的招牌就在码头上钢铁的拱门上，叫作海洋乐园。红灯红漆，一派中国式的喜庆色彩。

鹿特丹郊外的居住小区

离开码头，在密集的建筑丛中寻找着合适的露宿地点；骑车在市里慢慢地转着，寒冷和疲劳加上迟迟找不到合适的地方，甚至能不能最终找到一个合适的地方都还是问题，所以这段时间大概可以属于旅行中最灰暗的阶段了。

不过只要去找，总会有结果的。最后在市中心的一个近乎四合院的楼间天井停住，在墙边的自行车停车棚住下了。这里有雨遮，但是风还是不小。一夜都没有任何人进出这个车棚。露宿得很让人满意。

第三天，4月30日，骑行鹿特丹并回到WELER

一早起来离开车棚，在城市还一片沉寂的时候就已经在街头骑行着了。上午计划骑车转一转鹿特丹，当然到了鹿特丹自然还要尽量沿着莱茵河到入海口去看一看，看看莱茵河最终消失于大海中的情景。

这个几乎可以说是世界上最老牌的工业化港口城市，沿着莱茵河两岸的工业设施之多之复杂超乎想象；因为河面已经非常宽阔，河道的另一侧为中间的船舶与码头机械所遮掩，几乎不能望到。只就一侧的岸边向前，一路上也是不断有仓库吊车之类的码头设施需要绕行。顺着七扭八拐的路径在港口上尽力朝前走，一直走到再无路可走的时候，算是对莱茵河做了最后的遥望与交代。这时候的莱茵河已经是海天一色，早就看不见对岸，也没有什么对岸了。这和想象中的望到莱茵河入海的宏大景观是迥然不同的，千里迢迢地顺着莱茵河的骑行，结束的地方却是一片人工的红砖建筑和一片片水域的断面景观。一条河的壮美与秀美，一

鹿特丹码头

条河的生态纷繁与奇妙，大致都在河的中游阶段展现着。正如一个人一样，在童年和暮年的时候，肯定都并非最辉煌的阶段。所以追踪一条河一定要看到它发源的样子，一定要看到它入海的样子，只不过是为了完成自己心中的一种地理情结：只有从头走到尾，才会在头脑里留下一条河最完整的印象。有了最完整的印象，在日后的回味里，这条河就可以时时活在心中，成为伴随自己终生的宝贵财富。

　　因为写下以上文字的时候已经是结束了沿着莱茵河的全部旅行很多年以后了，所以早已经能够将时间顺序上此先彼后的沿着莱茵河的全部骑行作为一个整体来审视与回味。从托马湖、博登湖的海天一色里诞生，到在鹿特丹沿海地带重归于海天一色，莱茵河的壮丽与精彩，沿岸那些美不胜收的景色，那些让人一再想拿起画笔的美妙风景，都成了身后的记忆。好在，一条河的时间与空间并非线性的一去不返，而是相对稳定的。只要回到那些美貌的空间段落里去，虽然河水已经不是原来的河水，但是风景却依旧是原来的风景。

莱茵河入海处的鹿特丹港建筑群

鹿特丹城里的街区绿地

按照自己到达一个地方就尽量将这个地方进行各个方向的穿越，尽量到达各个方向上城乡接合部之外的习惯，这一天在鹿特丹的骑行还是很紧张也很有收获的。既看到了市中心的节日游行，也看到了郊外水系丰富河道纵横的地理格局上道路的有效分布，还看见了市区里各个区域中人居状态的宽敞优美。发现这里的人们居然也像国内一样有骑车带着小孩的，小孩的屁股底下也是一种固定到了车后架上的小座。人类使用自行车的方式与习惯实在是大同小异，在万里之外见到素未谋面的人们与自己有着同样的自行车使用方式与习惯的时候，总会让人会心一笑的。也只有骑车才可能如此方便地深入到各个场景里去，获得如此之多的观感。

中午1点到了车站，车站广场上熙熙攘攘的程度堪比中国；警察肩并肩地穿行在人群中，瞪着怀疑的眼神，好像每个人都是潜在的罪犯。

欧洲的国家之间少有边界，过渡极其自然，但是深入一国之内，特别是到了城市里的时候，国与国之间的差异还是非常明确的。德语国家那种普遍的规矩与承让状态，即便是在荷兰这样的邻国里，也尽付阙如。人类要缔造一种良好的普遍文明的群居状态，何其难也。

坐上下午2点的车到了边境小城VEFLO。到了站以后，因为听不懂广播，周围也早就没有什么旅客了，所以根本不知道已经到了，还坐在车上等开车。收拾垃圾的上来了，也只是打了个招呼，并不对我们坐着不动有什么诧异。停车的时间已经远远超过了路上每个站点上的时间，纳闷儿为什么一直不动，赶紧下车，原来已经到了。到城里转了一圈，这也是个很古老的地方。是荷兰边界上最后一座城池。

如此，仅仅三天时间便已经完成了追随着莱茵河到鹿特丹入海的全部自行车行程；事后的感觉要比三天长很多很多，可是细细地算来的的确确就只有三天。这样想来，自己那一段始终没有能骑车走的科隆经多特蒙德到德荷边界的莱茵河河段，其实还是有很多机会去完成的；原因是缺少决心，再有就是自己给自己造成的错觉，总以为那样著名的路段上一定有众多的风景，一定需要大量的时间。而实际上真正付诸实施的时候，也不过用时一两天，最多两三天而已。

遗憾有那么一点点也好吧，因为会一直耿耿于怀，一直关注，一直想着未来实现的一天。

后来翻看相关的资料，说整个莱茵河一共1390公里（德国占了900公里），基本上分为三段：第一段是以发源于阿尔卑斯山的托马湖为起点，到巴塞尔，距离是435公里；第二段从巴塞尔到美因茨，389公里；第三段从美因茨到鹿特丹，615公里。这样看来，留作遗憾或者说是下一次的行程期待的还有两段：托马湖到沙夫豪森一段，还有科隆到德荷边界一段。

意大利九日谈

　　老实说，在德国住久了实际上是没有什么去意大利的动力的。绝对不像在国内时那种因为来自书本上、影视中诸多浪漫主义的，或者怀古主义的印象，而对意大利的向往来得那么强烈；德国使人明白，即便是在欧洲，除了物价昂贵的北欧国家与当时边界不开放的瑞士之外，其他的国家基本上都是乏善可陈的。不论是在哪个国家，秩序和规矩的普遍性与完整性，都远远不如德国；而大自然的优美与恬静也因为天然地与生活于其间的人的属性有关，所以德国的大自然看起来也会比之其他多数国家领域内的大自然都更吸引人。别的地方不管有什么样的风景，都会因为这种社会性的秩序，包括交通秩序与人员秩序的不佳而让人心生"畏惧"。不过，作为地球另一边的人，毕竟是不能轻易放过这个只要花不多的钱就可以周游列国的机会的。

　　正如欧洲任何一个国家都是一种潜在的诱惑，吸引着国人不放过任何一个周末或者假期的机会去出游一样，意大利也是这样一个目的地，甚至是紧随法国之后的第二目的地。从到达德国一两个月以后，人们将德国的景点转过了几处十几处以后，从已经不断地有人跟团游览过巴黎以后，就开始有人跃跃欲试地计划着要去意大利了。因为去意大利游览的点儿不像在巴黎那么集中，所以就需要相对较长的时间，一两天肯定是不够的，一周时间比较理想，至少也得五天吧，当然如果来回有十天，那就更充分了。

第一天

那一天是2007年的5月12日。早晨很早就起来洗漱，然后带上饭，提起头一天晚上已经收拾好了的包，在依旧深沉的夜色里步行十几分钟到了本地火车站，在自动售票机上买了周末票，离开了自己居住的汉堡郊外的小镇伐木森，坐S-BAHN到了汉堡火车站。按照买票的时候在自动售票机上打印出来旅行表，根据上面指示的站台号坐上6点49分开车的火车，中间倒了几次车以后，于中午12:07到达那座有着古老的石头城墙的德国小镇纵斯特。

这一路线因为上次夫纵斯特与同学在这里汇合以后骑行荷兰而曾经走过，所以比较熟悉了。两侧的风景记忆犹新，再次经过依然是贪婪地遥望着窗外，无暇他顾。初夏的德国大地，丘陵起伏的平原上的绿色的麦子与金黄色的油菜花将镶嵌其中的古堡与河流衬托得异常醒目和明媚。每次经过一个在河流与山川交汇处的古堡的时候，都会在心中默默地下决心，一定要找个机会以此为目的地骑车走一趟，那样才不枉了这一片大好的景象。然而尽管以后在德国有过多次骑车旅行的经历，但是却再也没有机会走到这里了。风景在眼前，却不能真正身临其境地畅游，这是很多火车游客、飞机游客的普遍遗憾；人在旅途，很多时候反而更是身不由己的不自由。留作念想，放在以后，以后也许很多很多年才会再有机会，作为未完的期待与目标吧。

　　我的那位同学和上次一样已经推着大车子在站台上等着了，晚点了几分钟，他憨憨的笑意被厚嘴唇给支撑成了一种暖暖的模样，显示着他也同样对马上就要到来的旅行充满了期待。浓郁的湖南的口音使他即使说中文听起来也让人颇费琢磨，而倔强的脾气跟这种口音更是完全配合的。出了站，他推着大车子走，一定要把我的双肩挎夹到后座上，这样我走起来就可以省些力了。这样细微的关怀实在让人感动，一路上说说笑笑，在小雨中跑了一段路，两个人轻车熟路地就到了他所居住的别墅。饭他已经做熟了，湖南人一定要吃的米饭在他从中国带来的电饭锅里。快速地吃了饭，马上回火车站赶火车去了，两点乘车，还用我手里这张周末票，大约倒了六七次车，最后在夜里12点25分的时候到达慕尼黑。

　　中间某一次倒车的时候把帽子丢了。等意识到帽子还在车上的时候，已经不能再回车上去取了，车马上就开走了。当然这其中也是含着一种自觉性的，如果一定要上车去找的话在你有两个人的时候还是有可能的，那就是一个人卡住门，一个人上车。德国的火车在门关不上的时候车就不能开，这样晚点几十秒或者一分钟，在以后运行的过程中时间还可能被追回来，在下一站的时候也不至于晚点。曾经看见过游客在奔向火车的时候向司机招手，司机就等一下的现象，说明在死板僵硬的秩序文化笼罩下的德国火车，居然在开车时间这样的事情上也还是有相当的灵活性的。不过那样兴师动众地去取一个帽子，不惜以耽误火车发车时间为代价，在我看来是太过分了，于是就直接作罢，看着火车座位上放着的自己的帽子，没有任何表示地让它开走了。

丢了帽子似乎是一种预示，预示着这趟旅程不会太顺，至于是哪一方面不顺，现在很难说清。下了火车，站到了慕尼黑高敞的火车站站台上，还有2003年第一次来德国的时候对这里的印象。那个自己向他问路的高大笔挺、戴着墨镜、穿着西服的黑社会似的人的形象，好像依旧在站台上靠近火车头的地方呢。他的形象与他礼貌地回答问题的时候的耐心，是完全不成比例的，至少在一个中国人心中来说是完全不成比例的。我们根据自己的文化用形象来判断人物脾性，而他们则完全不是这一套系统。那时候自己不仅是第一次到德国，也是第一次到国外，是第一次坐飞机，自然也是第一次经历欧洲的铁路系统，加上那时候没有任何德语基础，不能看路牌，所以只有用蹩脚的英语反复询问了。

因为已经是深夜了，所以火车站上的人已经很少很少，即便是慕尼黑这样的国际火车站也在夜里1点到凌晨5点之间是没有列车经过的。偌大的站内广场上几乎就只有我们俩：自己丢了帽子，光着不大习惯光着的头，背着双肩挎，双肩挎上横亘着防潮垫和睡袋；湖南同学背着与他的身高比起来显得过于巨大的双肩挎，拉着拉杆箱，一直哗哗啦啦地响着跟在我身后。我们去往意大利的旅行，就此已经开始了。第一个游览点就是这慕尼黑。出了火车站正对着的街上，有大教堂，有步行街，有喧哗的醉鬼，还有冷冷清清的夜。冷冷清清的夜里到处都飘荡着一股带酒腥的呕吐物的酸味儿……

　　在大街上东张西望地转了转，又冷又困，就开始找睡觉的地方。这睡觉的地方不是旅馆，也不是青年旅馆，就只是露宿的一块地方而已。就这么一块地方，在一个城市里也并不总是很好找的，既要适当的隐蔽，又不能太过偏僻；既要在街上，又尽量可以遮风挡雨⋯⋯

　　因为找睡觉的地方不是很顺利，迟迟不能停下来，同学的拉杆箱好像也格外显得响了。最后找到了一个比较理想的地方，是一个距离火车站并不很远的新建的大楼前，悬高的窗下有一块凹进去的地方，抹的水泥很是平展，外面还有花丛遮挡，很好。就地打开行李，铺上防潮垫，展开睡袋，穿上秋衣秋裤，钻了进去。同学又去周围转了一圈，看没有更好的地方，又看我躺得很舒服，就也回来在这里扎营了。他跑到不远的广场上去，在喷泉边上刷了刷牙，躺下以后用湖南高腔开着玩笑。偶尔有人走过，也许是因为距离远，也许是人家尊重露宿者，就跟没有看见一样匆匆而过了。

　　露宿虽然艰苦却也是一种不折不扣的享受，人应该是有一种露宿的权利的，即便不是为了省钱，不是为了免去到处找旅馆住宿的麻烦，也应该是有一种露宿的权利。躺在本就是人类家园的大地上，面对自然的天空，那种夜露慢慢而至又纷然而去，人在自然的怀抱里睡去又醒来的快乐，如果不用享受这个词来形容的话，就实在找不到别的更合适的言辞了。在欧洲这样有着尊重每个个人权利的传统的土地上，享受露宿无疑也是体验其充分的保障的一个渠道呢。真要为自己在欧洲的土地上的这些露宿的经历而庆幸呢！

躺在睡袋里，虽然不太冷，但是久而未能入睡。虽然是躺在异国他乡的楼下，却因为要向着更加未知的国度出发，不懂那里的语言，不认识那里的人，此生也从未和那里的一切发生过任何一点点关系，但是明天，不，今天，再过上几个小时就要展开在那里的全新的旅行了。这样的不定的惶恐与期待的兴奋相混杂的状态里，睡眠迟迟不到也就一点都不奇怪了。在三番五次地挪了又挪、动了又动以后，在不远处广场上的喷泉均匀的水声里，终于进入了又有希望、又有忐忑的梦乡。

第二天

5月13日早晨醒来的时候，莫名的兴奋立刻就让人抛去了昨天的那些不如意：清新的空气毫无遮拦地被呼吸着，成功露宿、马上就要开始登上列车奔向远方的愉悦是很能令人有一种孩子式的雀跃之情的。5点起来，躺在睡袋里让同学给照张相，但他不照。不知道是不是因为他以为这属于走麦城的桥段，留下照片无益。不照就不照吧，收拾了铺盖走人吧。去火车站洗漱解手之后，准备徒步去转市中心，9点50分的车，还早着呢。欧洲的火车站，厕所也多是收费的，洗漱解手也不是不要钱，但是在火车站总是有停在站台上准备发车而还远没有到发车时间的列车，这样的列车上的厕所都是免费的。你只要掌握好时间，不要上那种离开车时间已经很近了的车就好了。

离开火车站，重新走上昨天夜里走过的步行街，走过大教

慕尼黑的英国花园

堂，走过啤酒广场，走过凯旋门和英国花园，古老的雕塑和门廊、纪念碑和广场柱之类的古建筑物让人应接不暇；走走停停，拍了些照片，匆匆地就又返回了火车站。那趟开往意大利的国际列车已经停靠在了站台上，上车以后发现都是包厢设计，随便坐到了一个包厢里，我去解手，回来以后却发现没有人了。原来我离开以后有人过来对同学说这座位有人占了，结果他拿了包就走了。他拿走了包，但是没有拿我的上衣，再去找，上衣已经不见了。上上下下都翻了，的确是上衣没有了。下车去垃圾桶里找，也没有。再上车，那包厢已经坐上了几个老太太，我说找自己的上衣，她们就不满意，夸张地说："上衣，他的上衣！"的确，她们不知道前面发生了什么，我这样进来找是唐突了。其实自己也知道，这样返回来再找，找到的可能性已经是零了，不过只是为了满足一下心理上的需要而已。显然刚才我同学是遇到了小偷和骗子，人家将他赶走以后盯着的就是他落下的东西，但是他们无论如何也没有想到那件上衣里居然没有任何一件东西，没有钱包、没有手机，甚至连手纸都没有一块，就只是一件上衣而已。

　　自己的东西都是这样，丢了才懂得其不可或缺。帽子昨天丢了，就已经感到别扭，不得不改变自己以前戴帽子的习惯，现在上衣也丢了，就意味着不能很方便地抵御欧洲初夏季节这种一早一晚都还是很寒凉的气候了。况且露宿的时候，那外衣是一定要穿上的……

　　火车越过德奥边境，在山间小站因斯布鲁克（INNSBRUECK）停靠着的时候就已经进入了奥地利了。高大的山脉和耸立的雪峰之下的沟谷里，一座座童话一样的村镇风驰电掣地在窗外驶过，让人看得贪婪不已，根本感觉不到时间在一点点地度过。德国列车员说你们最好现在就把座位号买了，否则到了意大利换了他们的列车员，就不一定是这个价格了。这种座位号是意大利列车上的规矩，也就是说车票只是一个上车的凭据，要坐到椅子上就还要掏钱。于是买了车座号，两个人11欧元。直到列车进入意大利以后，我们才领会到了德国列车员的这个善意的警告意味着什么。

　　列车终于开出了高大的山谷，进入了亚平宁半岛的广袤平原。平原上那种田野与庄稼一闪而过、一闪而过，永无尽头的景象很像是在中国。读过的无数文学作品中关于意大利乡间的描绘一起涌现出来，自己也努力寻找着对应的景色。丘陵的山脊梁上稀疏而高耸的树冠如云、树干如杆的树，非常有特点，在古画里经常可以见到。而那种迤逦于原野与村庄之间的起伏着的大道，更是一种引人遐想的妙物……

　　意大利的列车员果然来了，很遗憾地发现我们都已经有了座号票以后就说我们的行李要买行李票，我说我只有一个小小的双肩挎，也还要再收行李费吗？他摇了摇头，又挥了挥手里的票夹，完全是不容置疑的。他讲的是意大利语，但是显然对我们所说的德语和英语也是完全能听懂的，但是他自己无论如何就只用意大利语说话，使你完全不知道他在说什么。这样收钱，不管以什么样的名义，反正就是从顾客的兜里掏钱，成了天经地义、无可争辩的事情。由此我们开始见识意大利的行事风格。

　　列车在晚上将近一点的时候才到了罗马，即便是一辆德国的火车，一旦到了意大利，晚点的可能性也就变得非常大了。虽然已经是深夜时分了，但是罗马的街头依旧人流如织，燠热的空气里飘荡着一股只属于南方的含混的香气。找了个街头的水龙头，同学拉着箱子在那里洗漱喝水，鼓捣了好一会儿。自己先走到前面看了看路，寻找着可能的露宿之地。看了很多很多地方都不合适，罗马的街道都很狭窄，起伏也很多，想在路边上找这么一块既可以躺下又可以避人的地方，实在不是很容易。坐在街头看着来来往往的行人无一例外都是有着自己明确的目的地的，都在急急地走着回去，回到不管怎么样都是属于自己的睡觉的地方，一时间就很羡慕，羡慕他们，也羡慕自己的过去：原来有一个只属于自己的睡觉的地方本身就已经是一件很幸福的事了。

　　走了很远，走了很久，才最终在一家工厂的楼前找到了一块地方。在找露宿地的时候，两个人都沉默着。找不到合适的地方，是常态；找到了才是偶然。谁都是第一次来，谁都不清楚前面是哪里，哪里又是合适露宿的地点。这种沉默中隐藏的是忐忑和担心，是焦虑的一种自然排解方式。

这栋工厂建筑前无雨遮，如果下雨就完了，但是没有别处了，时间也已经太晚了，就在这里睡吧。这一路上看来，这里睡觉算是最好的地方了，因为没有下雨，罗马也很温暖。与在清凉凉的慕尼黑露宿的感觉比起来，罗马的确就是温暖的，带着一股甜腻腻的味道的温暖。

第三天

5月14日早晨天一亮两个人立刻就起来了，这种"立刻就起"里固然是有抓紧时间的意思，但是不可否认也肯定是还有一层想着尽快趁着天还没有大亮，人还不是很多的时候起来收拾铺盖，不想让更多的人看到自己夜里在这里露宿的原因的。虽然说露宿是一项天赋人权，但是白天里显得很"体面"的人总是不愿意让更多的人看到，甚至意识到自己夜里是要行使这项人权的。这一点在以后的露宿过程中，我们又有很多新的发现，证明这种状况不仅是我们有，外国人也一样有。

同学拉着箱子，我背着双肩挎，两个人重新向火车站方向走回去。因为只有那里有地图，可以弄明白我们今天怎么走，去转哪里。我们没有地图，那个年代也还没有手机导航，只能是去找有地图牌子的地方先去看。火车站旁边的广场硬地上，很多露宿

罗马的树很有特点

的黑人也正在起床。很多人都是铺报纸盖报纸露宿，根本没有我们这样的既有防潮垫又有睡袋的条件。

　　幸运的是，还没有走到火车站的时候就在地上捡到了一张罗马地图。于是开始按图游览，先到了城北的公园，在树冠高高在上、树干笔直挺立的大树下吃了随身携带的早餐，一个黑人走过来说"祝你们好胃口"。我们谢了以后继续大口地吃着，仿佛怕自己手里的食品飞了一样。其实看样子他并不是借着这句话要吃点东西的意思，因为跟我们打完招呼他就径直向着一个方向走了。睡觉和吃饭这样的事情在旅行刚刚开始以后就都变成了多少带有奢侈意味的事件，让人体会到一种从底层仰望人类社会的角度，无论是睡还是吃，如果不及时获得便很有可能丧失宝贵的机会，失去了满足自己身体运行的这两件最基本的要求的最佳时机。

树林里有高高低低的山冈和谷地，到处是英雄的雕像，找了一块树林密集的地方解决了身体的基本问题。露宿中的另一个问题就是洗漱问题，洗可以找公用喷水池，这在欧洲是一种标配，几乎每一个城市都有。至于大小便问题，如果周围没有公厕的话，则只能就近在户外寻找合适的地点了。虽然某些时候不方便，需要忍一忍、等一等、找一找，但是比起住宿旅馆的麻烦来说，还是完全可以克服的。

罗马的街道很窄，还有很多急转的弯道，早晨送孩子上学的、出门工作的，虽然忙碌紧张但是并没有看见大面积的拥堵情况。古老的石头墙壁里面有很多也还都是古老的石头房子，高大

在这个林子里吃早餐

的树木与建筑的关系已经到了一种互相完全融合的程度，树木植被已经彻底成了建筑的一部分。在这样的墙壁与树木下走过，走在石头块铺成的便道上，感觉即便上推几百年，也不会有什么变化，也就是这么一幅情景。连我们现在这脚步的回声，同行者拉着的箱子的滚滚的轱辘声，几百年前也会与现在不差分毫。应该说，就在这个瞬间里，实际上自己已经完成了到意大利怀古的目的。

顺着这样的老街旋转盘旋而上，出人意料地到了一个高台上的幼儿园。很多妈妈爸爸来送孩子，小小的一厢车在这样的地方显得非常实用，街边临停和掉头都很方便。意大利女人明显要比德国女人精巧一些，相应的男人也缩小了不少，个子一般不高，脸颊上的胡子是黑的，留胡子的不像德国那么多，但是留有黑胡子楂儿的人却很多；所以看上去就显得他们不大修边幅，或者说他们的生活状态不像德国人那么从容讲究。他们的说话和动作都普遍有些急促，感觉更接近于亚洲的状态。这也就是对我们来说，意大利跟德国相比显得不那么像外国的重要原因之一。另外的原因可能是这里不像德国那么严谨，有着很多类似与中国的随意性和灵活性。

站在高岗上俯瞰，罗马整个城市基本上还保持着古老的外貌，尤其是这面对着梵蒂冈的方向。顺着石阶向下走，走到圆形广场与圆形石柱之间，不知不觉地就像到了一幅古画中间，前后左右都是古老的建筑和古老的街市格局，而这一系列的古老都指向了一个最最古老的核心——梵蒂冈古城。所有的游客，东张西望，举着照相机四处拍照的人们像是都正在经历刚才自己走在罗马的街道上的时候感觉到过的那种情形，突然置身于几百年前的

俯瞰梵蒂冈

时空中的景象，有惊讶有喜悦更有一种终于找到了符合了旅行期待的地方的激动。老实说我们的计划里是忘记了梵蒂冈的，只是在刚才这样的俯瞰里才发现了它，想起来这是一个重要的旅游目的地。从整个旅行的最初动议到最后实施之间，我们两个人是都有时间也都有精力好好研究一下自己将要到达的地方的，为什么没有认真去做这项工作，就是因为心里已经将整个意大利作了含混的目的地，到了那里看到的一切对我们来说都是新的，都是没有见过的，这显然已经足够了；而事实上不做事先研究的旅行，似乎也才更有一种人类最原始的离开与最原始的到达才会有的朦胧含混的快意，与屡有新的发现的惊喜。

来自世界各地的游客沿着梵蒂冈的城墙排着大队，我们也自然地加入其中，其间拒绝了多次推销小商品的小贩的询问，一直坚持着在这世界性的队伍中一点点前移。和全世界人们一起排队，这样的事情本身对我们来说也已经是不错的经历了，虽然时间有点长，但是对前前后后各色人等的观察与分析的乐趣也就相应地被延长了。欧洲的、亚洲的、美洲的、非洲的，黑、白、黄、棕各色人等，大人、孩子、老人，诸多年龄阶段，世界各地的人民都派出了自己的代表来这里排队了；肤色不同、语言不通，举止之间却一律有着属于人类共同的特征，遵守秩序的耐心是大家普遍表现出来的文明。

排队排了一个多小时，在里面转了两个小时。感觉就是极尽雕梁画栋、富丽堂皇之能事，不仅走廊上、墙壁上、扶手上、阶梯上，甚至连穹顶上也都没有任何空白，铺满了各个时代的绘画与雕

在梵蒂冈皇宫里

刻；各个历史时期的顶级高手纷纷在各个位置上一展通常都是带着自己宗教热情的不凡身手。任何一幅画、一座雕塑前都有很多人驻足流连，有人在看，有人在照相，有人在画，有人则在小本子上写着什么现场里的所得。这里是宗教的圣地，也是很多并不是很信教的人旅游观赏目的地；同时也更是全世界的各个不同种族不同国家的人类汇聚之所，互相都可以做近距离的观察，观察彼此的言语方式与行为方式并由此推断他们在日常生活里的状态。

从皇宫里出来，到了另一面的广场上。这个广场上有林立的罗马柱走廊和壮观的大教堂，教皇出没的大教堂，是梵蒂冈除了皇宫之外另一个中心。对于我们这种徒步旅行、露宿旅行的人来说，这样核心的核心的旅游点本身其实意义不是很大，不管承认不承认，旅途中的星星点点的感受实际上早就淹没了对这样的一个点两个点的感受了。不管它有什么样的意义，有什么样的历史价值。合影留念，到此一游，也就罢了。完全没有一般人在教皇出没的地方驻足的时候的那种历史现场里的激动与兴奋不说，连对宏伟建筑本身的感觉也几乎尽付阙如。很多感想都是在事后翻照片的时候才意识到其不易与可贵的，而在现场的时候根本就没有我国某散文名人在世界各地的废墟与建筑前的那种滔滔不绝地掉书袋、数落历史大事的无端感慨。

离开梵蒂冈，顺着古老的石头街走过一片片卖纪念品的摊位，到了河边，河边古老的砖桥上雕刻着很多神话中的人物动物，熙熙攘攘的人群表明这里也是一个重要的旅游点。徒步穿越就是游览，照相留念就是证据，因为要尽量多看多走，从容留连的时间也就不会有了。从河谷里自然地就向上走，上到高处，上

英雄雕像鳞次栉比

到一道高梁上，公路就起伏在山脊上，走在路上始终可以俯瞰整个罗马，与出售的古罗马俯瞰图上一模一样的罗马。这条山脊公路两侧的石柱上雕刻着一个又一个英雄的雕像，开始的时候我们面对那莫名其妙的意大利语的名字介绍还拍下来，试图在以后获得翻译的机会，后来看实在太多了，根本不可能都拍下来也就很自然地放弃了，放弃了一个根据现场照片在日后来学习意大利语、学习历史的机会。

走在这样既是旅游点又没有那么多游人的地方，感觉是比较自在的。空间和时间突然都变得很大，不再拥挤、不再狭窄了，因为不存在住宿问题，而吃的东西也都在包里背着，所以是完全没有通常的散客旅游者的那种后顾之忧的。这条山脊之路上也有很多那种树冠高高的圆圆的，而树干笔直入云的大树，树下的石柱旁还有不少石凳，石凳上坐着些游客，也坐着些本地开车上来玩的人。一对情侣走走停停地一直在我们前面，女人高俏窈窕，背影的姿态非常吸引人，一直做着我们前进的目标。悦目的异性在任何时候几乎都会很自然地成为前进的动力，当然那只不过是吸引力占据了全部的头脑，让疲惫感暂时退身而已。不知不觉中就跟着他们慢慢地走下了山冈，重新进入正被暖融融的空气包围着的黄昏里的罗马。罗马的这一部分显然已经不是旅游区，而是罗马市民正常生活的所在，虽然说不上熙熙攘攘，但是已经有了几分正常的生活中的人气。

　　从山上下来以后先转了转超市，买了帽子和吃的东西。穿过几条狭窄的胡同，又到了那条在罗马的老城区弯来转去的古老的台伯河边。这条河显然是将各个古老的罗马景点串联起来的最佳坐标物，回到它身边，也就回到了与要游览的区域更接近的地方。脑子里有一个朦胧的感觉，今天的露宿点就应该在距离这条河不远的地方吧。

　　夜色中，坐在距那条河不远的一个小区中间的绿地里的长椅上，一点一点地喝葡萄酒。同行的同学放下拉杆箱，去找合适的露宿点去了，他觉着这一天里最后一项也是最重要的一项内容还没有安排好，哪有闲心坐下来喝酒呢。几个孩子在球筐前玩着球，发出一阵阵热闹的喊声，喊声落下去的瞬间里，沉寂就重新合拢，重新笼罩住这温热的罗马城的一角的居住小区。

　　街道上车辆行人渐渐少了，下班回家的人匆匆走过，黄昏的昏暗慢慢降临。对面一个黑人，像是那种整天在街上要个小手艺挣个饭钱的人，手里也拿着一瓶啤酒慢慢地喝着。因为面对面坐着，而且都在喝着，于是在眼神相对的时候就点了点头。一会

儿，他的酒喝光了，正有一个白人从我们中间的过道上走过，他
举起手来指了指腕子，意思是问几点了，结果人家连看都不看他
一眼，完全视而不见地走了过去。我赶紧掏出表来，告诉了他时
间——先说的是德语，后说的英语。他显然是明白了，很感激，
感激我告诉了他时间，还感激我这一告诉将他从刚才的尴尬中
解脱了出来。面对他的感激我突然想到那个著名的三个世界的论
断，黄皮肤和黑皮肤显然都是第三世界哦！这么想着，我点了点
头又摆了摆手，完成了这近乎流浪汉之间的默契。不管是第几世
界吧，反正相近处境的人之间，会有一种天然的亲近，尤其是在
有其他处境的人对比着的时候。

　　这样坐着喝着，很快就腮红血热地有了微微的醉意。完全不
再有身在异国的感觉。酒后的脸热与舒展中，出去找合适的露宿
点的同学回来了，他的寻找没有结果。于是说笑了一番，一起沿
街寻找，在一个敞开式的小区的花坛里，我们选择了在矮树丛中
沿墙而睡。开始还怕沿着墙会不会有老鼠甚至蛇走过，但是一天
的劳顿和刚才的葡萄酒的威力立刻就让人进入了深睡眠之中。露
宿也是有一个适应过程的，有过两三次经验以后就成了老手，心
理与生理上就再不会有什么障碍。

第四天

　　5月15日的早晨，自己是被热醒的，醒了以后舒展了舒展身
子，将胳膊从睡袋里伸出来，又睡着了。再醒来已经5点半了，看

天阴着，叫醒了同伴。

　　我说我要赶紧去洗漱，他建议今天分头游览。分手以后马上去河边，跳墙到了那临河的一边的垃圾上、树丛后解决了问题。这时候，远远地可以看见对岸的路径上有人开始跑步了，不知道他们会不会看到岸这边的情况，因为有树丛挡着，即使看到也看不大清吧。

　　解决了这个人生大问题以后，就变得又从容不迫了。事先怎么也想不到，每天早晨的这种身体之事，居然是露宿旅行中很大的一个问题，找一个合适的解决地点总是不大容易。这样，就开始了一个人徒步游罗马全城的行程。顺着台伯河河边走，正是上班的时间，路上的人络绎不绝，大家衣冠楚楚却普遍神色匆匆，从河边各个方向汇聚而来，又分散到各个方向上去。从河边的情

穿城而过的台伯河

形看，人们似乎都是步行去上班的，或者是从别的地方开车而来放下车以后再步行去单位。

在河上的一座桥与道路交叉的丁字路口上，看见路边有车祸死难者的纪念照片和蜡烛。蜡烛还点着，显然祭奠人刚刚离开不久。不知道是出了车祸不久还是每天家人都来祭奠，在这早晨的河边，古老的桥和古老的河边，这样带着照片的祭奠显得非常沉痛而无奈。照片上的年轻姑娘方方正正地看着面前川流不息的世界，脸上依旧是欧洲年轻人惯有的那种带着笑意的平静。

走过昨天离开梵蒂冈以后所到达过的桥头，树林下的草坡地上居然有不少依旧还在睡觉的露宿者。观看之余，竟然发现一床被子下面出现了成年人都不会陌生的耸动……有一会儿两个人的脑袋都在外面，女人的脸冲前，似乎还在笑，她的笑脸被身后不由自主地耸动操纵着，一颠一颤，很快就又躲到被子里面去了。大约是看见对面马路上已经人来人往了，上班的、上学的，车辆和行人已经很多很多了。他们和另外的露宿者之间的距离并不远，大约夜里已经做过类似的事情，互相都不以为怪。只是没有了夜色的遮挡，马路上好奇的目光让他们不得不有所遮掩罢了。当然这是不好站定了看的，就只是从前面的马路上以正常的速度看着走着而已，算是对露宿爱好者们的生活的一角有了一点点了解。露宿的权利，的确是天赋权利的一部分；西人已经将这种属于自己的权利开发运用得如此炉火纯青。

罗马城就此已经开始了又一天的运转，这座古老的城市的诸多内脏与循环系统重新协作起来，迈动着因循而又全新的步伐，将我这个外来者无声无息地吸纳了进去。

树下的夜宿者

　　大致地看着地图，顺着老街老巷任意地走着，反正有一天的时间，反正任何景点或者非景点对于自己来说都一样是新颖和新鲜的。小巷里的民生已经如火如荼，出门上班的、上学的、做生意的、从来都闲着无事今天依旧闲着无事的，这里出来那里进去，拐过街角突然就有了一片市场，窄窄的街道两旁是鳞次栉比的店铺和摊位，早市的气息在古老的建筑之间弥漫着。这样的景象在世界各地都大同小异，也都无一例外的是与普通人的普通的生活最最亲近的桥段。不过即便是同样在欧洲，罗马城里的这种景象与德国那种被最充分的秩序化与精制化、一丝不苟化了的生活场景相比，还是显得更有活力，更有自然而随意的蓬蓬勃勃的

罗马的小胡同

味道，尽管代价是不够整齐甚至有些混乱。

在那个电影《罗马假日》中出现过的著名的城市阶梯瀑布的石阶上，有很多游客指指点点地端详着、讲述着，身临其境地重温着电影里的场景；不少人在互相照相，不少人坐到了台阶上，表达对于一段台阶的憧憬与喜爱的形式，除了拍照以外大约最好的方式就是坐下，持续地看着，或者在看着的间隙里吃点儿什么喝点儿什么了。爱与喜欢的最高方式其实就是静守，任何更激烈的动作都不足以持久抒发大家期待已久的向往。

遇到一个个子不高的募捐者，他用英语说了一堆话，似乎是和中国有什么关系，总之是请你往他拿着的箱子里塞点钱的意思。自己本能地说着德语，询问到底是怎么回事？他愣住了，显然完全没有想到会遇到一个说德语的亚洲人。这也使自己意识到这个时候不说英语也就可以避免捐钱了。那个年代亚洲人还是穷人的代名词，还没有出现大量的中国人到老佛爷门前排队买LV的盛况，所以甩掉他还是比较容易的。他摊开两手，我耸了一下肩膀，这一段无果而终的街头谈话也就结束了。让穷游者捐莫名其妙的钱，可是一件很有难度的事情啊！后来知道，果然有人以这样的方式在旅游景点诈捐。

这样信马由缰的游览自由固然是自由了，但是说实话也确实有很多地方根本就不知其所以然，等转过了以后想一想、咂摸一下，觉着似乎是什么什么了，才有所领悟。不过这样事后才知道游览的是什么地方的感觉，可能更有原始的地理旅行中的发现味道吧；它充分模拟了原始的懵懂式的旅行中，往往先有经历才有总结、才有知识的状态。

对于这种状态自己有点乐此不疲，并不想做什么更改，也没有时间更改。因为著名的地方未必自己就有感觉，不著名的地方却经常可以铭记。转过了宏伟的罗马纪念堂以后——这个名字是我当时给它命名的，因为显然整个门前有士兵做仪式化的把守的建筑都是在纪念意大利的历史与国家尊严，其宏伟与庄重自然是宏伟与庄重，不过基本上与自己没有任何关系——转过了那里之后，继续前行，很快就发现了古罗马废墟里的猫。

猫在地下废墟中的出没被上面的游客一览无余地观察着，它们矫健、狡猾的动作与双眼在白天里鬼影一样的凝视，都让人着迷。而其实更让人着迷的是它们的这种其实是属于本性的自然而然的存在，背景却是古罗马的残垣断壁，是雕梁画栋的罗马柱与大理石的垂花儿门廊。野猫们的面貌在人类眼里是没有区别的，古代的野猫与今天的野猫哪怕是隔了千年，在今人看来也都像是永恒的那一群猫。千年前的猫依旧活跃在千年前的建筑中，就给了人一种连建筑带环境都活生生地回到了千年前的幻象，真真

整个罗马城都处在一种旅游点的状态

切切就在眼前的幻象。这其实是游客喜欢盯着猫看的一个重要原因，或者说是重要原因之一。不知道是不是这里的古迹保护者也早就意识到了这一点，对于以古迹为家园的猫未有任何驱赶的表示，倒是竖立了一些警示牌，说明着驱赶或者投食的禁忌。

转着转着就来到了那著名的以一道山梁为场地的古罗马废墟。那一道山梁上下左右都是密集的古建筑的残垣断壁，这里那里倒塌下来的石柱、石墙也依旧有着相当的高度，完全可以凭着空间的想象来在自己的头脑里恢复出当年的盛况。人们驻足凝视，感叹感慨，顺着山梁穿行在这废墟之中，各种各样的人，各种各样的语言，纷然杂陈，俨然是一处世界公园，全球各个角落里的人都派了代表来此盘桓游玩一般。除了几个著名的角度，也就是图片或新闻中习惯性的使用的拍摄角度外，自己深入其间总是愿意换到另外的角度上，也许不是那么完美的角度上去看，以获得只属于自己的关于这里的立体概念。这种"独辟蹊径"不以前人的视野为限的游览，是任何著名景点的实地游览中要获得更新、更多的信息和感受的不二法门。新鲜感与发现的喜悦往往也是由此而生的，另外的山梁上的废墟间的一大块平台，从那里回看、远看，都能获得更多的观察废墟、观察罗马的角度，而正是这些日后可以留在头脑里的角度，让罗马立体地留在了印象中。现在甚至都可以回忆起当时在那个平台上先后遇到了哪些人，哪些人穿了哪些衣服，说了哪些话，他们的形象与周围的废墟景观，共同构成了罗马在自己头脑里的独具个性与唯一性的记忆。这些在当时看来很平常、很随机，也很自然的记忆，恰恰成了可

罗马著名的废墟

以引导着想象展开翅膀的索引，使人生的那一瞬间变成了一个儿童式的审美平台。

废墟的最下面的谷地里是著名的古罗马竞技场。这个人气最旺的旅游点，今天也免费。因为现在正好是国际旅游周期间，所以我们在意大利的一周时间里，所有的景点，原来要门票的景点一律都免费了！这实在是一个意想不到的机会，想不省钱都不容易，尽管欧洲的门票和国内的门票比起来那是从来都不贵的。

排队安检以后进入幽暗的圆形竞技场的第一层，也就是看台外面的环型走廊里以后，巨大的石柱之间安排有现代化的售票处检票设施，虽然是免费，但是是要凭证件来换票的，并不是绝对的随便出入。这样的场合里，就又出现了在梵蒂冈城墙外面排队的时候出现过的那种景象，众多的小商小贩和莫名其妙的兜售者、搭话者出没在队伍中，让人不得不时时刻刻都提高着警惕。关于意大利的小偷和骗子的种种传闻让世界各地来的游客都颇为紧张，这一点是和欧洲的整个气氛不大一样的，尤其与德国有着迥然的不同。

终于换了票，进了场以后，里面就是在电影里，在图片中，在林林总总、各种各样的信息里都曾经见识过的圆形竞技场了。看台一层层地向上，而核心的位置上是一块平地，平地的几个方向都有小门，古时候的猛兽和犯人就是从那些小门被放进去决斗，然后又被抬走的。和通常的想象不一样的是游客并不能直接到达看台上，他们实际上始终是在走廊里向外窥看，每一层通向看台的门口就是他们可以距离看台和斗兽场最近、视野也最好的地方了。所以每一个门口都会聚集一堆人，人人举着相机，拿着

竞技场里面也是一种废墟状态

姿势，做到此一游式的留念。一层层地走了走，基本上绕行了一圈以后也就出来了。对于这种事先已经获得了太多的信息的核心景色，实际上大家都有一种果如所料的平淡，而少了几分意想不到的惊喜。

竞技场外阳光强烈，熙熙攘攘的游客和形形色色的人凑成了一片热闹的地球人云集的景观。在有阴凉的地方总会有不少人坐着休息，也总会有更多的人逡巡。到竞技场东面的一个山坡上走了走，山坡上有棕榈树、橄榄树，还有些不知名的树冠高大而树干笔直的树，热带一样的植被景象之中散布着众多横七竖八的石头建材的遗迹。当年这里一定也是什么什么宫殿之类的地方，能到这里来的游客已经不多了，成群结队的、跟团旅游的游客是断断没有时间到这种不见经传的所在的。找了一个阴凉下的石块坐下，从包里拿出面包夹肉，喝了些葡萄酒，还有炸好了的中国辣椒，那算是让这餐饭有滋有味的最大亮点了。时间已过正午，不知同伴在哪里进餐。当然他也一定是吃自己带着的食物，不会去饭馆吃，去饭馆吃语言不通，而且价格不菲。国人到了欧洲很自然地就接受了欧洲吃饭的习惯，出门旅行和中午的工作餐往往都是自带。只要是吃饭时间，在任何一个景点里都不难看到席地而坐的游人从扁平的饭盒里拿出面包夹肉来吃的情景。欧洲人并不认为这是寒酸，而只是取其便宜实惠、近便快捷和省时省事。

罗马废墟上的树很耐看

竞技场西面也有一片高地，高地上有些小橄榄树，树荫里坐满了休息的游人，人们来自世界各地，身高肤色、穿着打扮、语言习惯各不相同，逐一看去，如万花筒一般多种多样。置身其间，便是在意大利旅游的时候经常能够于不知不觉中就处身其中的"国际环境"。神奇的是，橄榄树树荫里席地而坐的人中，还有不少长袍大袖的宗教人士，主要是修女；因为自古以来她们的服装都没有变过，所以她们的穿着显然是更和周围的环境搭配的。她们自己也许根本没有意识到，自己已经成了周围的残垣断壁与宏伟厚重的石头建筑中最自然、最贴切的存在。

　　拿着一张意大利语的地图，连猜带蒙地寻找着景点。看到古建筑群就走过去望一望，完全是随机性地在罗马走着看着，后来走到了一个从外观判断应该是一处景点的地方，原来是古罗马浴池。这里自然也因为世界旅游周而免费，两个把门的说了一堆话，因为完全无法交流而只能点头摇手地回应了一下便走了过去。这个浴池实在壮观，高大的石头墙有十大几米高，黑色的墙壁经过了上千年的风雨依旧笔直，虽然也有些段落坍塌了，但是基本格局还有。因为罗马的著名景点实在太多了，能到这里的游客也就自然很是稀疏了。出来以后向着自己认定的火车站方向快步行走，这里已经是罗马郊外了，距离核心城区已经有了相当的距离。和一个也拿着地图的人并肩走到了一起，就问了问他火车站的方向对不对。他的回答和自己的感觉有一定的差距，不过要走的路却正是脚下这一条。路上不断有新的景点出现，因为时间的缘故已经来不及一一进去游览了。对于我这样完全陌生的旅者来说，街景其实也是游览的对象。一切都是新鲜的，一切对自己来说都是平生第一次看到与经历。以这样的心态来游走，收获感就总是会满满的了。

　　意大利的街道有时候很是奇怪，树木的品种与形状固然是以前没有见到过的，连树木与道路之间的格局也有很多还保持着古代的样貌。绿地比街道还宽，不宽的街道和宽宽的绿地后面就是雄伟的石墙，人们行走其间，为将自己运输到另一个地方，也有很多很多就只是为了出来转一转、看一看而已。对于这样的需要，街道的设计者似乎早有考虑，长椅是一个接着一个，到处都是可以停下脚步，拿出报纸来消磨掉一下午的时光的所在。随意、安然，既热闹又寂寞，而且带着童年的一种朦胧属性，这种场合实际上在全世界的发展进程中都曾经出现过，不过在很多地方因为发展的需要或者人口的变化、战争的原因而迅速地湮灭了而已。在意大利，传统和现实恰恰将人类生活中的这一部分给保留了下来。意大利有很多古建筑也有很多旅游点，但是却总是能凭着实体建筑之外的这种所谓"气氛"，让域外之人魂牵梦绕一般地着迷。

回到火车站的路上路过一片中国店铺聚集的商业区，一家一户都是中国南方人——很可能是温州人——开的小铺子，和在中国任何一个较大一点的城市里都会见到的温州商业街没有什么区别。他们蹲在自家的店铺门前，大声地说着南方话，生活和买卖都在一间铺深只有几米的狭小空间里进行，从门口一过，就可以清晰地看到他们睡觉的床和床上的铺盖。

穿过一段城墙，一段周围的天空中有很多电线纵横的城墙，仿佛是中国20世纪七八十年代一个古城里的景象。问了几次路以后，终于找回了火车站。在火车站和同伴的会合是很顺利的，和在中国的情形不一样的是，在任何一个欧洲的火车站，哪怕是柏林或者巴黎那样的大站，与人会合之类的事情都不是像在国内那样不每人拿一个电话就势比登天。人少，车站不那么拥挤，还有就是毕竟人种不同，有另外一个亚洲人存在，就很容易互相被对方纳入眼中。

同伴笑嘻嘻地用朗朗的湖南话介绍着自己这一天的行程，

将其实并不惊险甚至很是平淡的行程说得激情四射。我们互相印证着哪里哪里都去了，哪里哪里都没有去，哪里哪里我去了他没有去，哪里哪里他去了我没有去。这样的对谈在欧洲的公共场合自然还是要控制好音量的，否则就和我们那些屡屡被指责为高声大嗓、无所顾忌的同胞为伍了。也许在意大利这一点还不是很明显，在欧洲，越是发达的国家公共场所越是安静，而且往往越是人多的公共场所越是安静。

在开往佛罗伦萨的火车上，都又吃了点自己带的东西，算是解决了晚餐。夜色中未知的前程是个什么样子，已经完全没有心思去想了。而到了那里以后到底在什么样的地方睡觉这样的大问题，也完全不在考虑范围之内。现在，只是随着火车在这陌生的国度里奔驰，就够了。突然醒悟过来的时候就不禁为我们自己现在的处境而感到有些惊讶：在完全陌生的国度，坐着急速奔驰的火车，在漆黑的夜里，去往另一处依旧是一无所知的地方……

在佛城下车以后向着四周一看，就像回到了中世纪。不用去任何景点，只在这样的城市的街道上这么一走，就算是转了最大的景点了。努力搜寻着现代的痕迹，除了单厢的小汽车偶尔驰过以外，再就是天上的电线了，别的现代化的东西还真是不大好找呢。

在这被我们的现代诗人以"翡冷翠"称之的诗意之城里，我背着包，同伴拉着那哗哗啦啦响的拉杆箱沿街找地方睡觉。转了一条又一条街道，就是没有合适的地方。都已经很累了，累到难以再支撑下去的程度了。同伴在从一个胡同穿向另一个胡同的时候靠着墙根儿一躺，哪儿也不去了，就在这里睡了。我转了转，在距离他躺的地方只有一二百米的地方发现一个比较好的地方，有树丛把那里和大路隔开了，还有灯光照不到的阴影，而且还是平整的水泥（或是石头）地面。于是回来叫他，他不想动了，就地而眠。于是也就只好他在这边睡，自己在那边睡了。

尽管白天很热，夜里露宿街头的时候还是比较冷的。把所有能穿的衣服都穿上以后又钻到睡袋里还是有点儿哆哆嗦嗦的。想着这么冷一些也是有好处的，不会有什么蛇虫爬过来。疲劳很快就战胜了陌生与寒凉，胡思乱想的念头还没有怎么展开就已经进入了深深的睡眠之中。夜里有人高声吵架，一男一女，声震整个街道，毫无顾忌，互相也都毫不示弱。因为语言不通，完全不知道发生了什么，猜想着大约是什么夫妻吵架之类的事情吧。好在我选的位置虽然也在路边，但是有灌木遮挡，应该不会发现我。最近，在开始写作本书之前的这一年半年的在新闻里看到佛城发生了一件凶杀案，一对中国年轻的夫妇就是这样被杀死在了街头。听到这个新闻，立刻就想到了当年自己在夜里听到的那番激烈的争吵，它们之间相隔多年，肯定不会有什么联系，但是那种深夜的佛城小街道上的场景，却一定是非常相似的。

露宿的确并不都是很好玩的事情，有时候不仅艰苦甚至还十分凶险。

第五天

5月16日，早晨，天色刚刚有那么一点点亮的时候就起来了，收拾了睡袋和防潮垫，背上包过去找到同伴的时候，他也已经在起床了。一起默默地拉着箱子走，新的一天又开始了；新的、完全不知道将会如何展开、将要遇到什么的一天，又开始了。

先走到了市中心，到处都很狭窄，古建筑一幢接着一幢，但是地面上都很脏，油腻腻的不知道是洒的酒还是菜汁。无意中就转到了博物馆门前，佛城的博物馆是有名的，现在又是国际旅游周期间，不用买票，自然是要看一看了。不过因为时间还早，开门还需要一两个小时。商量的结果是分开转。

看着他拉着拉杆箱哗哗啦啦地走了，自己上了旁边一个有玫瑰花园的山顶。玫瑰花开在空中最高处，背景里就是全城的高高矮矮错落有致的街道河流。如果去看旅游手册的话，这座山一定也是鼎鼎大名的，不过过去了这么长时间，自己也一直都没有去查过，甚至也不大想知道它到底叫什么名字。这一点都没有影响到对这座山的记忆：从山脚下开始就能被远远地望见的宫殿式建筑——那也是自己从山下走上去的动力——宫殿前的广场和喷水池，还有逐渐升高的台阶，上到山顶的时候的那一片广阔的平地上盛开着的玫瑰花。

慢慢地转回来等着博物馆开门。同伴也回来了，正在这里，不知道是在等开门还是在等我。互相笑了笑，就一起进去了。两个人的旅行，虽然很多时候需要互相迁就，但是更多的时候也确实是在互相帮助。一个人的缺点在某些时候可能被放大，但是一旦分开，他的优点也就明确地显现出来了。如果说我的缺点是总是不自觉地主导行程的话，优点就是具有天生的认路的本领了。即使没有地图也可以凭着感觉去蒙，总是能蒙个大概。意识到同伴的回来等于是承认了我的这个优点的时候，心里不禁就很是美滋滋的了。呵呵，多大岁数的人都是有儿童心理的，而游玩的时候这样的儿童心理就更可以肆无忌惮地被彰显出来。

博物馆里到处都是油画和家具古玩，有个展厅里布满所有角落的大大小小的瓷器，都是从中国明朝、清朝运过来的。博物馆里的收藏使人意识到街道狭窄甚至有一定程度的混乱的这个世界名城，实际上在全世界范围内都是属于有着悠长的历史与优越的安全环境与国家权力的所在的，博物馆里的财富代表着经济能力，也代表着军事能力，代表着在过去的年代里这个国家一直以来的国际地位。

博物馆通往城市居然还有一道空中走廊，国王当年走在里面

佛罗伦萨的空中走廊

可以透过窗户俯瞰街景，别人却是看不到他。这样的空中走廊充满了儿童式的幻觉，却因为国王的无穷力量而得以实现。现在这道空中走廊因为下面的"私搭乱建"式的附属建筑而在很多地段都不那么像悬在空中的了。

在佛城的游览也完全是一直以来的随机性地乱走，大致有一个方向以后只是钻胡同、走大街，好在所谓景点也都是分布在这样的地方的，不期然之间就会到达一个游客比肩接踵的广场，一个雕刻着巨大的裸体人像或动物像的古迹，佛城人的生活在这密布的古迹与蜂拥而来的游客的缝隙里，渺焉不存一般。而自己关于一座历史久远、故事纷纭的老城的印象也就是这样清晰的片段与模糊的断片了。很多时候，旅行并不是为了把历史搞清楚，并不是为了将古迹与文字一一印证好，而只是从个人角度出发，获得一种此前未有过的、在没有达到过的地方才能获得的片段。

离开佛城，重新坐上火车去了比萨。这一段路程在记忆里是非常淡漠的，现在已经无论如何都不能回忆出任何细节了。只隐隐约约地有一个坐着火车贪婪地看着外面的景色，还没有怎么看呢就到了的模糊印象了。

从火车站出来就让人意识到，比萨比佛城更古老，也更小。比萨市中心有一条河，河上的桥和河边的古建筑都一如中世纪的模样。因为没有地图，语言也不通，所以只是凭着在火车站广场上的广告牌上看到的地图的印象走着，大致不会错。等走出了城也没有发现那个斜塔，才去问了问路，一个瘦瘦的中年女人比画着告诉我们了一个方向，于是向回走，然后拐弯。从问路中与意大利人的接触来看，他们普遍都不是很耐烦，更没有德国人的那种精确与细致，这似乎和他们普遍生活得比较焦虑有关。当然这只是说与德国人比起来比较焦虑，世界上没有什么人能赶得上我们那么焦虑，我们的城市里的焦虑与小城镇或乡村里的淳朴互相掺杂。意大利人则比较纯粹，焦虑就是焦虑，一般来说是没有什么淳朴值得一说的。在欧洲的现代化进程早已经结束了的今天，淳朴已经彻底远离了这块大陆，即便有不少人返璞归真，那也是曾经沧海难为水，性质上已经有了本质的不同了。

　　拐过弯去，在胡同里就已经能分明地看到那著名的斜塔了。这个门不是一般游客走的正门，而是另一个方向的旁门，与欧洲别的景点一样，门就是门，没有门票，更没有铁栏杆。门保持着过去的门的原始状态，进门见草地上有不少人席地而坐，也就顺势坐下来休息休息。坐下来以后吃惊地发现旁边的小路上走过的几乎所有的人都侧目看向我们的方向！人们的目光聚焦的是我们前面一两米远的地方的两个年轻女人。她们坐在地上互相搂抱着，在接吻。这种搂抱和接吻的姿势持续的时间很长，从我们到了这里就已经这样了，等我们休息好了离开的时候她们依然保持着那个姿势。我们注意到络绎不绝的游人走过的时候侧头过来的目光里，也充满了惊讶和好奇，甚至不自觉地会笑起来，回头与同伴交头接耳……显然这样的同性之间的亲吻在这里也是比较特殊的。在那著名的斜塔的背景里，这样的一幅两个女子之间的爱，与人们对这种爱的猎奇样的指指点点，构成了我们对比萨的牢固印象。至于斜塔本身和斜塔下面那个汉白玉状的教堂，则并无新意——一种奇怪存在久了，也就不奇怪了，人们总是对新的奇怪才抱有浓厚的兴趣。

古老的比萨大学

　　斜塔前后有很多很多人在以各种各样的角度与姿势拿姿做态地与塔合影，或者手托或者斜身与塔平行，算是为自己的旅程及日后的回忆添上一点点小小的乐趣；而这样的乐趣会传染，大家看一眼也就明白了，立刻就照搬照学，轮番上阵，嘻嘻哈哈，乐此不疲。好像大家不远千里而来，就是为了照上这么一张完全可以通过PS做成的怪异的照片而已。

　　离开这一片游客集中的旅游区，重新走到中世纪的胡同里，不经意中到了似乎只有一个大大的四合院的比萨大学。这个在《牛虻》的开篇被描写过的院落，依旧保持着当年的气氛，学生们或卧或行，将院中的空地占得满满的。各自做着各自的事情，寒暄的、说话的、看书的、讨论的、闭目养神的，互不干扰。古老而陈旧的建筑背景里的又一代新生命的蓬勃，予人以极深的印象。他们不扩招，也不搞新建筑，更不搞新校区……学校将几百年以来的传统，连同几百年以来的建筑一起，好好地保存着，不为外人来看，只为自己延续自己一以贯之的校风。

再次穿越比萨城中心的河流，回到火车站，在傍晚的时候坐上了开往都灵的火车。火车在紧挨着大海的岩石间飞驰，时而能看见海，时而又只有山石与隧道。中间在海边的立体小城热那亚车站（GENOVA P.PRIN）换车一小时，然后准备乘20:36的车去都灵。同伴先去买了GOHERAD到都灵车票，两个人一共14.2欧，距离实在是不远。

这在GOHERAD等待的一个小时是获得这个海边小城的印象的绝佳机会，以前还鲜有在这样的地理环境里驻足的经验呢！于是快速地冲出车站，沿着陡峭的街道向下面而去，狭窄的石头街道直接通到了码头上，码头上的仿古船的白帆与雪白的海鸥在蓝色的海与蓝色的天空之间招展着自己的翅膀，潮水轰然而上又轰然而去；一个山地海滨的小城千年不变的景象，永永远远地上演着。从古老然而有些闭塞与压抑的比萨到了这虽然同样拥挤但是毕竟天高海阔的海边，有一种非常舒展的感觉，是我们连日来持续的古老建筑之旅的一个良好的自然景观补充。

因为计算着时间，所以待了一下获得了一个印象以后又快速地向上走回半山腰上的火车站。在站台上的水泥长椅上吃了最后几片面包和辣椒，把那装辣椒的盒子永远地留在了意大利的这个小城里。之所以对这个盒子恋恋不舍，还是因为对这一盒辣椒的美好记忆——正是它们，使无味的西餐有了滋味，使冰凉的饮食有了热量，让孤寂的露宿有了火热的伴侣。两只麻雀来叼面包屑，开始的时候其实是一只，叼到嘴里以后它立刻就飞走了，再

海滨山城 GOHERAD

回来就是两只了。它去叫来了白己的亲属,很可能是伴侣。

　　因为急着上车,也因为看不懂意大利语的提示,在这里我们上错了车,提前上了一趟,而且上的是一列快车。那列车员未收快车费,甚至没有检票。我们先是自己发现没有打卡,主动去找他,他才发现我们坐早了一趟车。同伴本来上车以后正很爽气地表达着旅行的兴奋,手舞足蹈地说啊说啊。这一下不吭声了。这个好说话的意大利检票员让我们在下面的第一站下了车,不罚款了;火车已经出去了很远,到了VOGHENA下车,发现下一趟要来的车依旧是快车,22点01分的,那就意味着还要加快票的钱,不加的话就有可能被罚款。

　　除了这趟车，夜里就没有别的车了，不得不在这里住下了。两个人沉默地在无人的街道上走着，又一个意大利古老的小城在火车站对面空空地迎接着我们。一个打扮很妖艳的女人款款地站在街口上，目光一点儿都不含糊地凝视着从她面前走过的每个男人，用目光搜寻着异性任何可能的回应。这种示威式地看着我们俩的目光让人不大自在，好像要做见不得人的事的是我们，而不是她。

　　因为无论是身体还是精神都需要休整，所以一起决定不露宿了，要找旅馆住宿。终于找了个旅馆住下，两个人要求住一个房间，而且是只有一张床的一个房间。这大大地惊到了那个老板，他的目光明显有一个上下打量我们俩的"漫长"过程，不过出于对于神圣的个人自由的尊重，也就只好拿了钥匙递过来了。大约在他的脑海里已经上演开了两个活生生的亚洲同性恋者之间的床戏了。

　　37欧元由两个人分担，可以洗澡，可以充电，可以安稳地度过这陌生的国度里的陌生城市的夜晚，这对于我们两个一路露宿的人来说已经是高级享受了，至于那老板怎么想其实是无所谓的——他大约是一点儿也没有从经济角度考虑吧，他想不到两个男人仅仅是为了省钱而同居一室的，这不是欧洲的传统。

　　同伴睡床，我睡地板。睡在这样安全的地板上，不必考虑环境里存在的威胁，躺下就睡；有屋顶的睡眠，有温度与安全保障的睡眠，真是好啊。

　　睡前站到窗前看了看外面清冷的街市和狭窄的人行道，不由自主地就在想：如果今天还是不住旅馆而依旧露宿的话，这个城市里能不能找到一个合适的安身之处呢？

第六天

5月17日，早晨在VOGHENA火车站广场上，同伴又提出了分头游览，晚上再见。经过了在意大利的五天近于流浪的旅行之后，自己现在已经比往时多了些定力，听了以后冷静地说"不好不好"。其实与前几次不同的只是，这一次因为我已经在旅馆里解决了重要的身体问题，有心也有时间来从容面对他的问题了。事情就是这么简单，这么匪夷所思：内急的情况下，你就无暇他顾，没有精力来解决任何矛盾。

随遇而安是异国旅行的一个重要原则，犯了不知之错，到了并不想到达的地方，也无非是和原来头脑中的计划有异而已。任何一个地方都是新鲜的，无所谓对错，走在哪里就是在哪里旅行了。

这一次到达都灵没有再出现什么差错，下车以后，没有地图，只能在火车站先将一个高高的广告牌上的地图研究了一会儿，决定先去城南的一个高地。高地上既可以俯瞰全城，也可以遥望远方的阿尔卑斯雪山。那里是瑞士，是瑞士的堤契诺山区，是作家黑塞晚年隐居的地方。

从山上下来，跨过一条流着湍急的河水的大河——意大利的城市几乎无一例外都是有水的，都有一条至今仍然有着自然的河水流淌的河横贯市区——进入到主城区古老的宫殿群落中。说实话，在一次旅行中这样的地方转得多了以后就会逐渐丧失感觉，也少了兴趣，不过是既来之则安之式地走马观花一番，看看这里

穿过都灵的河

的人们在这样的环境里的生活状态，看看别的游人在这样的地方的表现而已。古建筑的外形，外形与环境之间的关系，与天际线之间的关系往往就是最值得观赏的部分，内部其实往往昏暗不彰；正因为这个特点，古建筑群的游览也正以这种走马观花式的外观的观赏为适宜。

有一种说法，都灵是意大利的西安。实际上包括罗马在内，意大利有很多城市都是保存得远远比西安要好得多。不过相对来说，都灵的古迹确实是鳞次栉比，现代化的痕迹少之又少。除了外围有些居住的现代板楼之外，主城区都被古老的教堂与宫殿占据着，不仅天际线保持着几个世纪前的风貌，即便是地面路面也都是古老的石块镶嵌得略有坑洼的状态。与罗马一样，废墟式的残垣断壁是核心区域里的核心，被栏杆围起来以后那些一任风吹雨打的砖石所负载的可供想象的信息，比那些没有被破坏保存完整的建筑似乎更多、更丰富。

在都灵的超市里补充了一下食品，花了5.9欧元，因为省掉了住宿费用，又赶上了一年一遇的国际旅游周，很多门票也都免了，所以除了有限的车费以外就是这每过两天需要补充一次的食品费用了，每次的花费大约都是这样。平均下来，比在国内都低很多。

乘车到达米兰以后直接冲着一处看得见的茂密树丛高地而去，直到跟前才意识到这里不过是块墓地。但是一个意大利的墓地大约也是值得一看的吧，于是就进去了。这个决定事后看来实在是英明，否则的话就会错失一个观赏精美雕塑的机会。整个墓地中埋葬的人跨越几个世纪，而越是古老的墓，石刻就越是精美。通常在国人起坟的位置上意大利人都会起一座雕塑，雕塑的形象各异，或者是一个哀伤的母亲，或者是一个垂头的勇士，或者是一个伸着双手哀哀无告的老人，让人想象这些雕塑一定是与墓中安卧的人有着什么样的联系，而无论什么雕塑形象，其细腻与生动都让人叫绝，都堪称无与伦比。

墓地里的这些雕塑几乎比罗马的古代废墟更能让人意识到意大利古老的雕刻传统，因为它们很少有被毁弃的，基本上保持着完整，保持着当初完美的风貌。实际上比当初刚刚完成的时候更加完美了，因为露天石刻会很自然地日积月累地将时间的痕迹均匀地涂抹到身上，一尊刚刚完成的崭新的石刻固然比眼前这栉风沐雨很多很多年了的石刻要干净，但是也绝对没有眼前这些石刻所表现出来的时间感、历史感；这些携带着悠远的历史气息的石刻作品，以非常直接的方式将过去和现在连接了起来。应该说，转博物馆的时候，那些被陈列在恒温箱里的艺术品，也没有像这些墓地里的石刻这么深深地打动过我。

　　不知不觉地，在米兰的这一处墓地里我们就转了有两个小时以上的时间。这一处不在旅行手册上的旅游点，给人的收获是那些千篇一律的古迹所绝不能提供的。这首先决定于它本身的品质，其次是这种由自己发现的性质使然的兴味盎然的游览状态，还有就是它处于一种自然而然的状态，而不是一种被划定为旅游区以后的那种等待观赏的性质。这就是自己那种好的旅行往往不

米兰墓地是一座露天的雕塑博物馆

能将目的地的一切都搞得过分清楚，而是需要相当的随机性理论的一个实践性的证明。

因为在米兰是今天旅行的最后一站，不必再向任何地方赶了，所以到进入宫殿群中游览的时候就已经非常放松了。露宿需要夜色深了以后进行，时间于是就突然变得"有的是"了。走走停停，在一棵硕大的大树下靠着，脱了鞋袜，慢慢地吃着随身带着的面包夹肉，喝起了葡萄酒，竟至于有些陶然而醉的意思了。旅行中这种舒缓的段落给人的享受总是格外高的，好像所有的紧张与快节奏，都只是为了这一段舒缓，这一段价值不菲的舒缓恰恰就是全部旅行的要义所在一般。同行者的兴致也高起来，完全将早晨曾经提出的分开游览的事情放到九霄云外去了。我们像是两个孩子，结伴出游，喜怒哀乐都溢于言表，也都过目而去，看见的就只有眼前，只有当下。微微的酒酣以后的傻笑，在互相之间传递，经过异国他乡陌生的空气，经过这古老的欧洲城市黄昏时分温热的人类气息……

米兰大街上有很多中国人在卖儿童玩具，比如那种自己会飞的铁鸟和自己会转圈的骑自行车的小人。卖玩具的中国人有男有女，个个表现得极度慌张，东张西望，忐忑不安，语速极快，因为随时要防着警察来袭。不管你愿意不愿意，很大程度上，国人在国际上的形象也是由这些人塑造而成的。

当然，现在我们这两个到处找地方露宿的人，也不是什么高大上形象的塑造者。在米兰要找到合适的露宿地点实在是有难度，因为这座古城到处都很狭窄，宽阔处都是广场之类的"万众瞩目"无遮无拦的地方，去哪里找一处合适的地点呢？想是不行的，必须是走着找，边走边找；走过一个地方又一个地方，看看这里合适呢还是不合适，看看那里是合适呢还是不合适，入夜以后的寻找和行走就一直这么持续着。经过了这么多天的锻炼，同伴似乎对这种一直找不到合适的地方的状态也比较认头了，一直是有商有量地一起寻找着、判断着——后来结束旅行，甚至是回国以后很长时间，自己打量一个地方的眼光通常首先都不自觉地是：这个地方是不是适合露宿！

　　在一处位于两个居民区之间的被纵横四条道路分割出来的街心花园里，我们走过去走回来地转了几个圈，感觉这里应该就是今夜的栖身之地了。因为时间尚早，街心花园里还有很多人，很多人在聊天，很多人在打球，还有很多人类似于我们这样漫无边际地转悠着。每一条长椅上几乎都坐着人或躺着人，时间这么早就公然躺下的一般都是早就不以他人的目光为意的纯粹流浪汉。像我们这种初入其道的"流浪者"则会尽量等众人散去、行人稀少以后才会找一个尽量能避开大家目光的地方躺下的。

　　在我们这么转来转去找合适的地方的过程中，发现紧挨着马路的便道上的一条长椅上，有个小伙子一直坐在那里，带着一个双肩包，眼睛似乎是在看着所有从他身边走过去的人，显得有几分怯怯的紧张。显然，他是在等什么。大约一个多小时以后，我们走到街心花园的尽头，面对车水马龙的大马路试图找地方躺下了几次以后还是觉着不理想，于是又转了回来，发现那小伙子已经躺在了刚才他坐的长椅上；不是一般性的躺，而是钻进睡袋里的躺，露宿的躺。

　　同伴忍不住地笑起来，笑刚才所看到的正襟危坐的形象与现在钻到睡袋里睡觉的形象的反差。同时也是在笑我们自己，背着包拉着箱煞有介事地走着路，实际上也一样是在找一个可以躺下的地方。尽管一切都在夜色里，但是人就是这么一个要脸面的动物。

小伙子找的这个地方实在是不大好，虽然开阔，但是所有过往的车辆和行人都能一目了然地发现他，所有人都可以在走路的时候充分接近他。这样的位置与隐蔽一些的位置比起来固然是能让坏人有所顾忌，但是也让坏人对自己的存在一览无余……不管怎么说，他的睡眠实际上促使我们也立刻就不再寻找，就近到了一个儿童游乐设施边上为孩子们的父母设置的长椅上，铺下防潮垫和睡袋，钻进去，鼻孔里呼吸着异国他乡的深夜里温暖与寒凉混杂的气息，舒展着奔波了一天一旦躺倒就会感到十分疲劳了的筋骨，入睡了。这是我们的米兰之夜。

第七天

5月18日，早晨天不亮就醒了，马上收拾睡袋和防潮垫，重新打好行李，整装出发。凭着感觉，按照昨天已经走过的轨迹做着大致的空间想象，很快就步行到了火车站。对于米兰的印象，除了那个墓地就是我们夜晚的露宿了，中间那些或者古老或者宏伟的宫殿与教堂，如果不是拍了照片留念的话，几乎都没有留下什么印象。很多时候，我们的旅行都是以如何达到目的地为重点的，至于那目的地本身反而尽付阙如。这就是为什么很多人喜欢自行车旅行，喜欢徒步旅行，喜欢露宿的原因之一。

小城 PESCHIERA DE CARDA

　　顺利地坐车离开米兰向着威尼斯而去，窗外阿尔卑斯山与亚平宁半岛刚刚相交的地带的美景吸引着我的目光。火车在一个叫作PESCHIERA DE CARDA小城停车的时候，我们稍一商量便果断地下了车。威尼斯是目的地，这里更是，哪里美哪里漂亮哪里就是！当然这样的临时下车也是得益于意大利与德国一样的火车制度，车票在一天内都是有效的，而车次通常很多，一个小时以后就还会有一趟相同方向的列车开来。

　　这是一个被河与湖围绕起来的古城，古城墙上茅草丛生，墙下与古城另一侧的大湖相通的河水蔚蓝蔚蓝的，这蔚蓝一直延续到湖的那边，延续到湖与遥远的山脚相接的地方。这阿尔卑斯脚下的蔚蓝的湖水，这蔚蓝的湖水孕育出来的古城，实在是人间的妙境。

在湖边高大的老树树行下，我们驻足远望，不胜唏嘘。对于这样一座有着宏大的地理形胜的古城，不必进去也可想而知其间人类在多少个世纪以来的伟大构造了。而只眼前这美妙的自然奇景就已经可以让人永远陶醉了。我们身边不断有挂着STOCK走过的徒步者和穿着短裤的跑步人经过，湖水里的帆船与汽艇游船也历历在目。在这样美妙的环境里健身，实在是一种令人羡慕不已的奢侈享受。坐在古城外的河湖相交的地方，头顶上如云的树冠婆娑地掩映着眼前的广阔与壮丽，也掩映着我们自己的感叹与惬意。意大利之行，哪怕就仅仅能有这么一处让人永远难忘的美之所在，也足堪其值了！想不到这里成了我们意大利之行的一个近

湖山盛景中的徒步者

维罗纳的城市雕塑

于最重要的收获，成了整个行程中一个感受的峰值所在。

下车一个小时以后，坐了下一趟去威尼斯的火车，继续向前。从再次上车到火车启动，目光始终都离不开窗口，离不开窗外那美妙的湖与城，直到火车加速，一切都不可再见……

火车很快就到维罗纳（VERONA）。火车站在一个巨大的古代广场边上，广场上竖立着一个黑铁的雕塑，是一个巨大的圆环，圆环上跑着一列小小的火车。这个跑着火车的巨大的圆环一侧，就是古代的广场遗址了，而广场遗址的后面才是城墙与城墙里面的城市。街道上行走着向后背着的头发梳得一丝不苟、根根可数的意大利男人，节奏舒缓而无秩序——或者说有着一种貌似混乱自由而实际上却又不怎么发生碰撞与冲突的内在秩序。这是中国的小城镇中司空见惯的景象，在意大利居然也并不鲜见。

在一条河的一侧，有一面山坡，山坡上有很多古建筑的遗迹，标明是什么什么遗址，却不知道为什么还要收门票钱，虽然不多，但还是要收。我们拿着票进去，正看见来自另外某个欧洲国家的几位游客也在抱怨。但是因为语言不通，实在也没有什么办法，大家只能摇着头自认倒霉。从火车上强收行李费、座位费到现在的这种应该免费而不免费的收费，意大利总是让人感觉有点方外之地的意思，这是一向让人觉着舒服、让人赞叹的自由与随意的总体环境的另一面。

除了古代的教堂之类的公共建筑是在城中心外，维罗纳的景致大都依托着一条河，跨越河上的古桥才能进入的宫殿区，建筑材料主要是石头与红砖，石头可以以自己的古老来镇住现代人的审视，红砖居然也可以。这些红砖似乎都经过了什么防腐处理，不像我们的红砖如果暴露在日晒雨淋之下几年就会糟烂。

在维罗纳值得一提的一件事情是正走在那条河上的一座桥上的时候，突然被迎面走来的一个流浪汉抓住了一只手。那是一个穿着肥大的厚夹克、满头肮脏的白发的人，他的手非常有劲儿，用力非常大，以至于自己是在第二次的时候才成功地甩掉了他的手。甩掉以后发现自己手上居然有一个红红的手掌印儿！不知道他的这种带有进攻性的行为是出于什么目的，难道是看我们像是他的同志、同类？当我说出这个怀疑的时候，不禁和同伴一起笑了起来。

到达威尼斯的时候已近黄昏，漫无目的地在火车站周围转了转，走上了一条显然并非大众游览线路的通向狭窄的胡同深处的小路，最终在一栋在威尼斯并不多见的现代三层楼房建筑前的树丛边找到了比较理想的露宿地点。因为时间尚早，于是决定先去

在游人如织的威尼斯寻得的一处僻静之地

超市买了吃的喝的再回来睡觉。

　　超市在海边的一间单层大屋子里，买肉食居然是要排队的，而排队的方式是拿号，拿了号以后就在柜台前松散地等着，叫到了你你就去买。意大利语的数字顺序我们是不懂的，不知道叫到了多少号，只能根据前面大致有多少人是比自己提前来的情况来猜。反正也没有别的事情，也不急着吃饭，也不急着睡觉，更不急着游览，就在超市里打哑谜一样地排起队来。为什么只有买肉食需要拿号？威尼斯人喜欢买肉食，威尼斯人对肉食的需要量很大而供应却有限？如果语言相通的话，这样的问题大概三言两语就可以明了。不会意大利语，就只能是百思不得其解了。可以肯定的是，意大利的物价是比德国贵的，而威尼斯又是我们所走过的几个意大利城市里最贵的。

沿着栈道一样的海岸线——实际上威尼斯的很多地方给人的感觉都是这样并非建筑在陆地上，而是建筑在了伸入海中的栈道上的——回到露宿点附近，看着大海上最后的天光，慢慢吃了、喝了，找到那块早就看好的草地，铺开行李，微醺着睡去。来过威尼斯的人肯定是不少了，但是有我们这样在威尼斯露宿经历的大约还是不很多。

温暖的海风中，这么想着，幸福的感觉一直包裹着自己。在意大利的全部行程即将结束，而在它还没有完全结束的时候，这所有的经历就已经都成了可供回忆的人生财富。

第八天

5月19日早晨5点，从威尼斯海边那栋居民楼前的草地上温暖地醒来，这被公认是出行意大利以来睡得最好的一次。一是时间长，从头一天晚上10点睡到了早晨的5点，打破了每天无一例外地睡五个小时的模式；再就是暖和，虽然也有风，但是连风也是温暖的。

到头天晚上喝酒的海边水管处洗漱以后，沿着海边无人的街道（一边是楼，一边是海）看朝阳慢慢升起。这样的位置，后来也被九点以后的如潮人流证明是欣赏威尼斯最好的角度。然后就是一个景点一个景点地逐一"走到"式的标准旅游了。圣马可广场、叹息桥、冈多拉在桥下走过的拱桥，等等。不知道为什么，这些虽然耳熟能详但是从未来过的景点，一点也激不起自己的兴致；大约就是因为我们徒步加露宿的非标准旅行方式所导致的，不期然的景象看多了的缘故吧。

从早晨很早的时候就有人在这些景点，或者在小巷外的桥头支着画板对着景色写生，在现场写生实在是一个令人羡慕的表达方式，可以长时间驻足在那里，可以对那里的所有的细节做尽量详细而周全的记录和完全个人性的表达。绘画在这样的时刻充满了魅力，包括绘画者本身都成了被欣赏的对象。

且行且看，回到威尼斯火车站，直到离开车还有二十分钟的时候，火车才来，但是与时刻表不符，不在电子显示屏上的四道

威尼斯的黎明

而在一道。主动找列车员问车的问题，他却抓住了我不让走。一直跟着他到了最前面一截车厢，他嘴里念叨着德国人行李太多之类的话。让我补了18欧元，名目是座位票还有行李票，比来的时候德国列车员多收了很多。进入德国境内以后问德国列车员，他摇着头，用一句文雅的德国国骂鄙视地斥责了意大利人乱收费。我们把那种用意大利语打印出来的票根研究了很久，一致决定留着，留着做可能的投诉。

很多年以后的现在，我还能在自己意大利的相片文件夹里看到这两张票根的照片。它们没有成为投诉的根据，却成了可供回忆的凭据。正是这样的细节，可以作为将当时的气氛与环境都一一回忆出来的线索。

火车奔驰着离开意大利，奔驰着离开我们这八九天以来的在这个半岛国家陌生的土地上的奔波；高挺的树干上顶着椭圆的树冠的意大利特有的树木在田野上，在丘陵间点缀着，装点着亚平宁平原上的大地。脑子里涌现出诸如《通往罗马的大道》之类的小说名称，算是为以前与以后的阅读提供了属于个人直观的印象。

火车进入阿尔卑斯山，进入奥地利，在因特拉肯越过德奥边界。在越过边界的那一刻，我和同伴不约而同地长舒了一口气，在那一瞬间里，我们都有了一种回家的感觉。虽然明知道德国当然不是家，但是德国的一切都是确定的，都在秩序和法制、守时和准时的轨道里运转，不会有意外。确定感，实际上就是家的感觉的重要组成部分。这种感觉让两个人不约而同地轻松起来，开玩笑甚至互相对对方的感激的意思都有了；我们一致认为这次的意大利之行是值得的，是值得在我们各自的人生记忆里留下一笔的。

穿越奥地利回德国的路上美景连连

　　夜里9点半到慕尼黑。在慕尼黑火车站买周末票，开始的时候两个人买一张，后来觉着不对，便都笑了；就又买了一张，因为是分头走，不坐一趟车了，这意味着离别在即。人生中这样共同的旅程，实在并不多有啊！

　　很自然地依旧露宿在上次来的时候露宿的那个地方。我们都已经是熟练的露宿者了，早已经没有了出发的时候那次露宿的不安与惶惑，驾轻就熟地到了老地方，心安理得地铺下防潮垫展开睡袋，安详地进入了终于结束了一段堪称艰难的旅行以后的幸福的睡眠之中。

第九天

5月20日，在老地方从香甜的睡眠中自然地醒来，再次意识到我们确实已经是在德国了，未来的一切都有谱了，内心也就放松多了。两个人依旧是在天不亮的时候就起来，收拾好了东西，到了空空荡荡的慕尼黑火车站。玩了一会儿自动售票机，分别打印出来两个人的旅行计划书，上面有详细的换乘站的站台号和时间，那是两张带着金属边儿的硬纸片，手感很好，是一种在使用着的当下就能意识到其实用价值之外的保留价值的好东西。自己的那张，至今还收藏着。

时间还早，闲着无事就又去看看无人售报机、无人卖花机。清晨的慕尼黑，是一片即将迎来新的一天的热闹的安静。这种热闹和安静的临界点上的车站位置上的等待，会在人心里形成一种或多或少的惶惑味道；不过对我们来说已经不是那种对未来完全不明的怀疑的惶惑了，而完全是一种很有成就感的甜蜜的惶惑了。

这一天已经和意大利没有关系了，但是头脑里积淀的还都是意大利的印象，还有终于离开了意大利回到了德国的怀抱的喜悦。同伴回纵斯特的车先来的，五点零一分开车，他上车以后隔着车窗挥手告别的面孔是充满热情的，旅途中的波折已经放下，我们还是要感激这一趟应该是有生之年里不会再重复了的两个人的旅行。在意大利徒步和露宿了八天之后，疲劳与欣喜交织之后所营造的内心里的无限平和，使我们重新踏足于坚实的德国的大地上的时候，顿时就有了一种仿佛已经很有内涵了的安详。德国的火车和德国人开汽车一样，一旦启动立刻加速，一瞬间就消失了。载着同伴的火车从站台的棚下与进来的时候的方向相反着而去，由大到小，再一拐弯就一切都不见了。它的离开正式宣告了我们共同的意大利之行的结束。

很快，我的车也来了，5点40分开车。火车从静止到加速骤然前行，然后奔放着冲出城市，冲到田野上，向着丘陵起伏的远方的地平线撒着欢儿跑去。这些都是慕尼黑火车站最早开出的列车，跑起来似乎格外带劲儿，不仅休息够了体力很好，而且对于新的一天还充满了憧憬与希望。

前面第一站，是有着世界最大教堂之一的乌尔姆（ULM）。乌尔姆小城不大，但是却是世界名城。世界上很多文人墨客都留下过关于乌尔姆的记录，法国的科幻小说家凡尔纳在他晚年的小说《美丽的黄色多瑙河》中，写一个人沿着多瑙河顺流而下，第一站写的就是乌尔姆。凡尔纳晚年的这个创作，重点已经不是冒险中的故事，而是环境了，是整个多瑙河流域的风光，沿途的观感和景象描绘。乌尔姆在他笔下自然是有大教堂，说大教堂的尖顶是要和斯特拉斯堡的教堂尖顶比高的。还提到乌尔姆的蜗牛很出名，是一道美味的菜肴。

因为时间尚早，整个乌尔姆小城中，包括大教堂周围都空无一人。自己一个人深入其间，仿佛是在转一个沙盘上标本一样的著名旅游点。这种感觉相当奇特，加上只有一个小时时间，不能误了火车，所以脚步匆匆，所经过所看到的每一个场景至今想来都有一种脱离开真实的恍惚；诡异的是，这种脱离开真实的恍惚却是始终有着透明度非常高的清晰的天空背景的。乌尔姆的大教堂实在是太过高大了，远远地还在火车上的时候就已经看到了，等下了车它高高的塔尖就始终都是视野之内的坐标点。它高到了与身边的城市不成比例的程度，以至于整个乌尔姆都像只是附着在这高耸的教堂脚下的一片小人国的矮矮蜗居。经过了现代城市这么多年的发展依旧是这么一种不成比例的样子，也就足可以想见当年大教堂刚刚建成的时候因为更不合比例而来的视觉夸张效果了，那样的视觉夸张效果显然是建设者所追求的，它是明显有利于人们的景仰之情的。因为有这么一座宏伟高大的大教堂，整个乌尔姆别的东西也就都像是不存在一样地被遮盖了。

仰望乌尔姆大教堂

德国田野上的晨岚

　　在这里倒车以后的目的地是斯图加特附近的一座小城。早晨的田野里浮起的雾岚是不带一点点污染的纯净的雾岚，雾岚时断时续地飘浮在田野上，将村镇建筑的中间部位遮挡了，将远处一排大树的树冠下面一点的位置遮挡了，却留出了更高的与更低的位置上的天空与大地。这样纯净的雾岚像是画家的一处闲笔，更增添了天空与大地的透明与色彩。这样的透明与色彩不属于自由随意的意大利，只属于秩序与规范的德国。

　　在这样因为闲笔而更其明媚的透明与色彩里，路边上出现了向列车招手的两个小孩和一个大人，大小几辆自行车都扔在一边的草地上。他们显然是骑车出来游玩的时候与火车偶遇了，或者竟是大人有意领着孩子出来看火车的；小孩招手出自真诚，大人招手出于对小孩的真诚的爱护。大人孩子都是一脸真诚的笑意，不由得不让火车中望见了这一幕的人也有了回应，自己也不禁冲着窗外挥手并笑起来了。在欧洲，在德国，这样由衷的笑，即使对普遍在公共场合习惯于没什么表情的中国人来说，也会是被感染到的。生活简单而美好，这是这块土地上的人们世世代代共同营造出来的生活气氛。

　　至此，意大利之行，已经彻底结束了。

沿着易北河骑行

在德国，吸引人注意的是丘陵大地、是教堂建筑、是人文风情，是井然有序、条理周详的社会秩序、交通秩序，也更是一些在德国人自己看来习以为常的细节。比如德国的河流，对于一个德国人来说，那些河流从来就是那样，从来没有被质疑也更没有特别珍贵过。然而一旦有了前往他国的经历以后，我相信他们会格外庆幸也格外热爱那无数遍布于自己国土上的大小河流的。

德国的河，小一点儿的河，就仿佛是中国那些渠道，没有堤坝，在地面之下，水量很大，满满的水滚滚地流着，水面与地面齐平，一点儿都不浪费，也一点儿都不溢出。如果不是有两道正好标志出了河道的走向的草木生长在这样的河边，站在稍微远一点的地方你就很难发现它的存在了。

河水是非常干净的，没有污染，更没有垃圾，甚至没有漂浮物，连树枝落叶这样的漂浮物都没有。像是童话里的河，是绘画作品里的河。2003年第一次来德国，从巴特塞京根去斯图加特的路上，第一次看到这样的河就被震惊了。这和我经验中已经司空见惯的无河不干、无河不脏的状态差别实在是太大了。我们毁坏了上帝并无分别地赐予我们的那一份，在德国却这样非常完美地保持着、珍存着他们的这一份。

德国的河，大江大河，莱茵河、易北河、多瑙河，浩大排场，滚滚汤汤，一年四季奔流不息，清澈的河水里游鱼可见、天鹅浮荡；蔚蓝的河水和低低的白云，将天地之间最滋润的颜色和湿润的气息源源不断地呈现在凝望着它的你的眼中；船舶往来，各不相扰，鱼鸟自由，一派天成地造的正循环景象。自己有幸在德国一个四季的轮回中骑车漫游了两条德国的大河，莱茵河和易北河，它们都成了自己此后生命中格外珍贵的精神财富。

沿着易北河的骑行实际上是碎片化的一次次骑行的组合，从头一年的秋天到第二年的春天，以易北河为主体的骑行持续了半年左右。每一次骑行都有一个共同的沿着易北河而行的特点。为了叙述的方便，这里只是根据易北河的上下游的自然走势次序，大致将从上游到入海口的骑行经历总结了一下。

德累斯顿

易北河发源于捷克，从德累斯顿东南40公里处进入德国。在德国境内一路从东南到西北，沿途汇入了大量的河流，最终经过汉堡以后入海。

德累斯顿被称为德国的西安，不过后来与其结为友好城市的是杭州，而它在欧洲更有名的外号则是易北河上的佛罗伦萨。这所有的"称号"其实都在说一个意思，德累斯顿不仅古老而且还将这种古老保留了下来。基于此，东西德合并后选择新首都时，它也是一个重要的参选城市。

德累斯顿是德国历史累积深厚的人文地理集中之地，易北河在这里变得很是开阔和平缓，以至于河岸上以圣母大教堂和皇宫为主的一系列古老建筑，面对易北河敞开的平台连缀成片以后，形成了被称为"欧洲阳台"的阔大景观。

领略了迷宫一样的萨克森王国皇宫里的富丽堂皇与高塔一般的圣母大教堂（2005年才重建完成）的金碧辉煌，还有世界上最长的瓷砖壁画长廊上的王侯队列图，再处身这欧洲阳台上面对易北河自遥远处来到遥远处去的永远流淌，历史和现实，人类创造和上帝赐予的完美结合，眼前的一切都令人感慨不已。

所有的游客在这欧洲阳台上照相合影之后都会面对易北河而陷入静静地凝望之中，孔夫子所言的面对一条大河而有的那种"逝者如斯夫"的人类情绪，估计会在这样的地方很自然地有一种普遍性的弥漫。欧洲阳台这样的地方，恰恰是最能激发这种人类情绪的所在。哲学的感慨和审美的愉悦，在大家普遍的凝视之中，在每个人的内心里臻于实现。一个景点，一个地方，一个并非为了招徕游客而设计的城市场景，能具有这样的并不收费的审美"功能"，其口碑之好也就完全可想而知了。欧洲的景致多是这种源于生活中的自然而然而并非单独为旅游的商业目的而建设开发的格式，这样的格式才更是旅游、旅行本初向往的目的。有一种很极端的说法是：谁没有见过德累斯顿谁就没有见过美；美，完全地被德累斯顿所定义。这是身临其境的人在表达赞美的时候的一种极端说法，我们在世界各地的旅行语汇里都不难发现类似的字句，它们其实都是对于自然、对自然与人的和谐相处状态的一种由衷的感喟。

这样的共识早就获得了社会的普遍认同，德累斯顿的易北河，包括眼前这一幅升平享乐图在内的这一沿河长达18公里的两岸景观，都已被联合国命名为了世界文化遗产。

当我站在"欧洲阳台"上向着易北河凝望的时候，易北河大桥下的河岸草地上，正有很多年轻人席地而卧，或者看书或者晒太阳，或者弹吉他或者聚会，一派祥和明媚的享受生活、享受生命的景象。在德国的自然景观里，这种以年轻人为主体的"享乐"群体总是让人羡慕不已，他们的青春在这样的地方展开，他们阅读与交谈着沐浴在美妙的风景中的生命状态，总是让人对于他们的人生产生无数美好的想象。这是一个国家一个民族为自己的未来播下的优良种子，以后的社会由曾经沐浴过这样的美好场景洗礼的年轻人支撑，整体的心态平衡与普遍的善意，应该就是最基本的社会心理结构元素了。环境，优美的环境，绝不简单是为当下的生活提供一个休闲场所、一个审美机会那么简单的事情，德国和整个欧洲在这个问题上的深谋远虑让人敬佩。这样的风景不仅是城市里，连郊野也不例外：那种丘陵上每隔十几米一棵婆娑的苹果树的大地美学的安排，那种在每一处聚居点都竖立起高耸于其他建筑之上的尖顶教堂的地平线结构，那种森林和水域点缀在每个村镇周围的居住选址，都在有意无意地为人们的生活制造着美，为未来奠定着最基本的幸福基础。德国和欧洲的风景绝对不是那种单纯的旅游设施、政绩工程所能比的，绝对不是那种风景点就是风景点，一旦离开风景点回到生活里去就反差强烈的情形。

易北河边的德累斯顿

　　这样置身人家享受生活的现场的时候，也是从磨难与挣扎的历史中走出来的人最感到身心震动的时刻。很多人面对类似的场景都发出过诸如此类的感慨：回国以后，自己也要和家人一起，以这样的生活方式，来改变原来那种僵化的、不健康的、只生活在水泥森林里的生活样貌……这样的决心虽然回国后大多被兑现过一段时间，但是环境改变以后氛围也就变了，真正能在国内还保持着这样从德国的风景里习得的习惯的人，实在并不多有。但是不管怎么说，能在风景现场对自己有所触及，已属难得的"洗礼"范畴。

　　在德累斯顿的易北河边，沿着河岸边不宽的自行车道向着上游和下游两个方向上都望不到头，都可以一直骑车走下去，走上一两天、十天八天都没有问题。这样在易北河边瞭望着的时候，便已展开了日后沿着易北河去骑行的决心。当时向上游去捷克还是有边界障碍的，签证也是问题；但是向下游，一直到入海口就都在德国境内了。只要有时间、有机会，或者自己找时间、找机会，这就是一个摆在那里的巨大诱惑。这样设计的时候，就有一种时间被充满了、生命非常有意义、以后要做的事情明确而具体，只待你以蓬勃的生命力去完成的极大的喜悦；这样的喜悦冲击着自己，让人什么时候想起来都会立刻沉浸到幸福中去。

骑车过桥，在易北河对岸的一个跳蚤市场上转了转，然后顺着河岸上的小公路沿着易北河上游走了一段。沿河绿道上，有骑车的、跑步的、轮滑的、放风筝的；宽宽的河滩草地，一派祥和幸福景象。河面阔大，河岸上森林茂密，古堡建筑鳞次栉比，任何一处从水边通向古堡的道路都是石头铺就，光滑的石头表面上，某些部位已经是青苔点点。自古以来人们就傍河而居，就在河边享受着用水的方便与审美的愉悦，时至今日，在人类已经普遍重新意识到一条大河对于人类生活的重要性的时代里，河流作为风景的价值已经越来越高，依托着河流的健身设施和观赏角度，越来越成为全世界的人们所集体认同与追逐的享受。

因为是从莱比锡的晃桃集体乘车而来，虽然带着自行车，但是来去只有一天时间，还要顾及集体的行程，所以在德累斯顿沿着易北河的骑行，就只有这么一小段，现在想来，实在是莫大的遗憾。计划着以后再来，而实际上以后已经没有机会。骑行，有时候必须是以骑行为唯一目的才能实现；"捎带脚"的顺便而为，是很难达成骑行的目标的。德累斯顿的易北河两岸的风景，骑行在自行车专用道上所能观赏到的风景，由这一小段的经验做着基础，恒久地存在于自己的想象中了：不知道什么时候才能最终补上这一课。

国王岩

从德累斯顿向下游走，另一个易北河边的著名景点是被称为"萨克森的瑞士"的国家公园，国王岩景区。这个景区有一半在德国，一半在捷克，是易北河岸边最为雄伟的一段。易北河在这一片高大陡峭的岩石下拐了一个大弯儿，在这一片巨大的岩石或者说是山岭的最顶端上，有一座有着高大城墙的古老城堡；城堡内部是一个五脏齐全的小社会，既有宫殿，也有磨坊和监狱，既有阴暗的石头墙壁之间的角落，也有开阔的可以俯瞰易北河全景的平台。这里被称为"萨克森的巴士底监狱"，是古代的国家监狱。城堡之外的嶙峋的岩石之间有巧妙的借势而建的桥，桥墩就是一座座耸立的山岩，构成一种具有相当强烈的童话色彩的空中走廊。而以上所有的一切，不论是城堡还是平台，不论是天桥还是走廊，一律都在山上层林尽染的茂盛森林的烘托之中！

在初冬季节里，森林里的树木全都变了颜色，红的黄的绿的、半红半黄半绿的，参差点缀，斑斓多姿，瑰丽宜人，神奇的大自然和古老的建筑完全融为一体。虽然到达这里的时候冷雨一直在下，但是被淋淋的秋雨冲洗着的一切，似乎更显得亦真亦幻，仿佛是雨水将颜料冲刷滋蔓，让整个山体都浸染到了色彩流溢的状态里去了。形成了一种由色彩和地势组合的藏在冰冷之中的异国他乡的不一样的气氛；这种不一样既是风景的独特，也还有另外一种其实在德国任何地方都能感受到的，空气的清新与舒畅。

在不同的风景里获得的洗肺的享受都类似，都是我们关于那些风景的记忆中最基础的愉悦元素。这一点在以后污染日趋严重的年份里被回忆起来的时候，感触尤其深刻。那是一个可以自由呼吸的地方，是一个任何地方都空气清新的神奇国度。如今已经遥不可及地只在被挥之不去的雾霾日日缠绕着的自己的记忆里了，能不叹喟？

俯瞰确实是能够最充分地调动人对地理的热爱的一种观赏方式，大地沙盘一样地呈现在眼前，因为看得遥远、看得全面，

国王岩下的易北河

而仿佛是在读一幅地图，一幅活生生的地图。与国王岩对比起来
显得像是一马平川的河那边的丘陵地带上的房舍、森林、道路格
局一览无余，德国整齐的田野和村庄已经被众多摄影家作为了主
题，那确实是人类在大地上的优美创作，是人与自然和谐的一种
最直接的成果显现；而河流远去的方向上那种一直绵延，绵延到
了视觉的极限里去了的遥远，又能最充分地调动人的想象与追寻
的热情；使人禁不住就要顺着那河远去的方向一直走，去看两岸
变幻不居的风光……

　　山下的易北河由远及近，在这里拐了大弯儿，然后又由近及
远。俯瞰下去河道很窄，是一条窄窄的带子；因为受到两侧的山石
的限制，大约绝对宽度也确实不大，但是在继续流淌下去的下游，
它却是有很多非常宽阔的段落的。这在以后沿着易北河的骑行过程
中，都有验证。当时，站在国王岩上俯瞰易北河的时候，自己头
脑里运转的便都已经是日后沿着易北河骑行时的无穷想象了。

桃皋（TORGAU）

　　易北河上游的城市中，还有一个比较值得一提的地方是桃皋
（标准译名是托尔高；不过觉得自己的译名更诗意一些）。去桃
皋是带着自行车自莱比锡乘火车前往的。

　　高台阶窄门脸的本地火车车厢上凡是画着自行车图案的，便
是可以带着自行车上去的；当然自行车也要买票。买了票的自行
车和买了票的旅客一样合法合理，可以心安理得地在火车上占有

一席之地。这一席之地一般是车厢上画着自行车的那一截，在座位后面有一片不装座位的空地，靠近窗户还有挂钩之类的设施，方便将自行车固定住。人就顺势坐在自行车边上，或者对面，守着自己的车子。火车旅行中自行车所获得的这种待遇，极大地提高了骑车人的幸福指数，他们可以坐上火车到达任何一个地方去骑车，尤其是那些距离自己长期居住地、自己的家比较远，平常骑车不易到达的地方，随时去度上一段不经过旅行社安排的自由自在的骑车旅行时光。而一旦累了，或者不想继续骑车了，就又可以买了票上车，直接回家。在各地的火车站站台上，曾经多次遇到过这样推着自行车转车的中老年人、年轻学生，有的成双成对，有的成群结伙，有的则孤身一人。有这么方便的乘车方式，再想想那些遍布德国所有城乡的自行车道，德国实在就是一个自行车旅行的天堂了！德国人的旅行和休假生活方式多种多样，这是社会为人们提供了多姿多彩的可能性使然，或者说是国家社会非常体贴周到地迎合了人们的需要。

　　桃皋在现实里是一个安静悠闲甚至到了有点寥落的小城，但是在历史上却是一个杀戮不断的地方，巨大的监狱和成千上万有名有姓的被杀者的阴魂都永远栖身于此。二战美苏两军著名的易北河会师，就是在这里完成的。苏联兵与美国兵会师易北河的高大的纪念碑在河边最重要的位置上矗立着，不因为东西德的统一而稍有改变。历史就是历史，不因为对自己不利而做任何遮掩，德国人对历史的尊重是深入骨髓的；他们在历史中汲取了经验和教训，使今天的生活超越于以往任何时代，比以前任何时候都更有智慧、更幸福。

桃皋的环湖路径

桃皋城外的一个很大很大的湖，从地理形势来看显然是易北河的一个潟湖。这个湖为聚居于桃皋的人们提供了一处风景绝佳的自然园林。看过城中的古迹之后，骑车环湖而行，立刻就沉浸到了大自然的带着诸多原始毛边的美妙里去了。芦苇荡与森林参差着，将湖水严密地包围起来，水草旱草和各式的野花装点着环湖的砂石路面；蓝天白云之下鸥鸟翔集，一派未经人工的原始风貌。

这种既被严格管理又尽量不露人工痕迹的园林，处处都保持着大自然的本来风貌：道路用砂石硬化，树木倾斜以后只做必要的支撑而不会简单地砍伐，即便是有树倒下来了，也居然会让道路在那里绕一个弯躲开，不将倒树清理掉。在这样不露痕迹的管理措施下，整个湖区周围都弥漫着一种由大自然非常纯粹的风貌所烘托出来的不尽古意，置身其间像是回到了原始时代，像是进入到了白日梦的恍惚之中。难得的是这种恍惚是如此逼真，是如此清晰，是如此可以触摸和抵达！这种恍惚而又真切的感觉，在人心中激起的疑惑和兴奋的涟漪逐渐荡平以后，就会剩下由回忆中的画面连缀成的再难重复的赞叹。

德绍（DESSAU）

从马格德堡出发沿着易北河去德绍，是一天的骑车往返行程所能到达的最远端了。经过数次努力，对于前面沿着易北河、萨勒河的大小路径都已经非常熟悉了以后，终于才实现了这个一直梦寐以求的目标。实际上达于目的地是一方面，在不断地前往中获得的感受也是重要的一方面。在沿着易北河骑行的过程中，大量自然的细节在沿途各个位置上等候着你的欣赏，透明阳光下的森林水湾、果实累累的苹果树——到了冬天也依旧在树上，那是给鸟儿留的口粮、蒙着露水的草茎花蕊、悠然地低头咀嚼的牛马，还有人居与环境镶嵌在一起的无间、桥梁和村镇之间静静的过渡、偶然的行人沉浸在浩渺的大自然之中的安详，等等，都可以成为自己乐此不疲的观赏对象。使不管多么漫长的旅程都变得短暂，变得再来一次也在所不惜。

在骑车去德绍的路上，STECKY村的村口上立着牌子，上面写着被本州确认为SCHONENESTERN DORF，本州最美的村庄。生活在这个自然环境里的人们，人人丰衣足食，吃喝不愁，上学不愁，看病不愁，养老不愁……这样意思上的最美，就不仅是风景最美了，哪怕评比的时候唯一的条件就是风景，但是其实其中暗含的东西就是整个社会都已经在公平公正保障保证等方方面面都已经相当完善，如果民生不完善的话，评比风景也就成了没有意义的矫情。

STECKY村的美，在于不事雕饰，在于完全自然状态下的村庄格局。小路沿着易北河蜿蜒而至，从窄窄的林间进入村庄，在村庄之中拐来拐去；像是进入了村庄，又像还在林子里。家家户户都掩映在鲜花与林木的照拂之中，地面上的落叶和花瓣将树荫覆盖，自行车碾压而过时的轻微沙沙之响，正与天上的鸟鸣相呼应。建设在这样的环境里的德国民居，被命名为最美不最美早已经是无所谓的事情了。显然，他们的生活大于命名，他们俯瞰着那些命名。

在沿着易北河去德绍的蜿蜒曲折的自行车道上，这样的最美的村庄比比皆是；广袤的易北河冲积平原上的自然风貌里的完美人居环境，每每令人叹为观止，流连忘返。虽然因为人少、因为往往很长很长一段路都难以遇到一个人，所以难免有寂寞之感，但是持续骑行所带来的速度与热量对这样的寂寞与惆怅之类的情绪早就形成了强大的免疫力，完全顾不得去沉浸了。

在易北河串联起来的一系列德国城市中，德绍也是鼎鼎大名的。是在中国知名度很高的所谓"包豪斯"，也即建筑之城，德语叫作"花园里的建筑之城"。德绍有建筑设计比赛的获奖作品一条街，就是将建筑设计比赛的获奖作品真实地建筑在那里，既是建筑设计的实物实例，也成了供人参观游览的风景点。不过，和这些奇思异想的概念建筑反差很大的是，德绍还同时是一个衰败破烂的城市。荒草在各处茂盛地生长，人已经少到了即便是有长期无人的建筑塌毁也无暇予以关注的程度。然而易北河边也依然是有很多修旧如旧、尽量保持自己原来面貌的古老建筑，这些古风建筑都掩映在蓊郁幽深的森林之中，像是森林中自然生长出来的一般。沿着易北河的休闲观光之路也依旧通畅。河边高高的松树下的逶迤路径，常让人恍惚，恍惚是来到了古代中国的某个诗人刚刚走过的地方。

去德绍的路上

易北河在德绍路段形成了一个得天独厚的"几"字形，为整个城市赢得了更多的河岸景观；而滨河地带却几乎完全为森林覆盖，很少人为的所谓"开发"的痕迹，单纯地保持着一条河原始的风貌。其间，那些和森林草地已经融为一体了的为常年的降水染黑了的斑驳石碑上，密密麻麻的古体字沉默地讲述着几百年前的旧事。提醒着现在置身此处的你，这里并非看上去简单的原始自然，在漫长的历史中，在这重新恢复成了原始自然的风貌后面，曾经有过数不胜数的轰轰烈烈。

哈勒（HALLE）

哈勒是易北河的重要支流萨勒河上的著名城市。

从哈勒火车站出来，顺着山坡倾斜下去的街道中心，有轨电车的轨道一直相随，这种近代的交通工具在哈勒这样地势剧烈起伏的地方具有非常明显的优势，加上德国人爱惜一切被经验证明了的东西的习惯、不盲目追风的文化传统，它也就被一直保留到了现在。整体上看，哈勒就是大量的中世纪建筑和某些近代的工业化的辅助设施凝固下来以后的奇妙小城，一个如果在我们国内必然会买票才能进入的稀罕之地；当然，更大的可能是等不到现在卖票便早已在历史上被以各种名义拆除掉了的地方。

沿着山坡下行的主街下到底就是平坦的老市政厅广场，在广场周围，除了每个城市都会有的老市政厅之外就全部都是教堂了，那种众多耸立的塔尖纷纷指向湛蓝湛蓝的天空，将人从地面上超拔出来，引导着目光和灵魂升上去的力量，借着这众多的塔尖的方向，分明地存在着。在这里，宗教气氛被建筑给烘托着，让所有身临其境的人都会很自然地心生敬畏与向往。

在其中一个教堂里小坐了一会儿，因为正是周末，所以台上披着大氅的神父正在宣讲教义，台下坐着一些聆听者。宗教是抚慰人心灵的，可以让看不见的爱拥抱你在尘世受伤的身体与灵魂，即使听不懂具体内容，但是声音、灯光、场所气氛等等的一切都已经是内容的一部分了，尤其是圣乐响起的时候，心中涌起的泪会不由自主地充满双眼。所有的不平不甘，所有的委屈郁闷，所有的说不清道不明的压抑愁苦，所有的情感的牵挂折磨，都在这样的气氛里被触及、被融化，化成滚热的泪水，畅快地倾泻了出来。

哈勒的老市政厅广场

哈勒段的萨勒河景色

　　在从教堂里走出来，重新走到哈勒缤纷的秋色里去的时候，浑身上下就都有了一种被冲洗过以后的焕然一新般的清爽；就像孩子委屈地大哭过以后的安静与安心。即便只是从身体上讲，去教堂大约也是具有这种普遍的宣泄功能的，它使成年人找到了一个流下也许自己都没有意识到的积存了很多的泪。即便像我这样不懂教义更不在教的人，单纯从环境与审美的角度来教堂感受一次，也居然会有如此的荡涤作用。这完全是始料未及的，此前此后在德国参观过众多的教堂，哪一次也没有这一次这么给人留下深刻的印象。而这不过是哈勒城中心广场上，靠近萨勒河的一个小小的教堂而已。

　　离开城区，再向下走，就是河水一直在滚滚流淌的萨勒河谷，和水面上悠然的白色大天鹅群了。顺着河边上的自行车道骑行，向上游下游似乎都可以无限远地走下去，森林木屋、草地小径、游船亭榭，一应的休闲与观赏设施与设置什么都有。在德国的城乡之间，任何一个居住点周围都有这样相应的可以方便人们投身自然之中的广袤园林，这样的园林通常是有山有水，沿着河、沿着湖、顺着山势，没有边界，没有起止点，和整个德国的大地融为一体，漫漫无涯，一如生命，一如失去了根系的现在的自己……

　　萨勒河边上的哈勒给我留下的印象充满了悠长的宗教感，充满了神圣而清凉的美。那滚滚流淌的河水所引领着人去想象的似乎不是下游的一干景色，而是天国俯瞰人间的浩渺与茫然。

韦廷（WETTIN）

　　萨勒河上的韦廷，是萨勒河边小山上的一座小城，历史悠久的古老建筑耸立在河边的崖壁上，显得更其雄伟。推车循迹而上，顺着蜿蜒狭窄的古老石径深入到依旧带着城门的那山顶的宏伟建筑群落之中去的时候，惊讶地发现，整个城堡现在是一座学校，是韦廷的城堡文理中学，孩子们正开着窗户上课呢！我贸然地推车进入使很多学生侧目，显然是干扰到教学秩序了，于是赶紧顺着坎坷不平的石板路面退了出来。一进一出之间，感觉这体量巨大的石头建筑，沉重的走廊与巨石阵圈出来的广场院落，一切的一切都很像哈利波特的魔法学校；天下真有那小说中像是胡思乱想的场景存在，实在是神奇，实在是好玩。

的确，韦廷是一座很有神秘色彩的河边古城，保存完整的山顶古堡和街道，充满了中世纪的沉重和坚固，历史好像永远定格在了几百年前的过去，再也没有往前走一步。

如果从萨勒河边仰望这一切就更给人遐想的空间了，哗哗流淌的河水不像是易北河一条著名支流的水花，而似乎仅仅是山谷间一条湍急的溪流，它只是很偶然地在一个神话城堡下经过，绝对没有易北河那么远大的前程。

没有堤坝的河边小路似乎与河水是完全齐平的，窄窄的河水急急地奔流着，以中国的经验判断更像是一条正在灌溉着的水渠。这条"水渠"边上，有山谷间开阔的菜地，有古老的大树，有长椅，有装备齐全的骑行者。戴着短檐帽的老人若有所思地走

韦廷的古堡学校

过，像是沉浸在自己世界里的人生领悟者。他们的深思神情，和这幽静古老的山谷里的气氛完全融合在了一起。尤其是这个从河边仰望山崖上的古堡的角度，这个河水在遇到石头的时候几乎可以溅到路面上来的童话一样的情景，实在如梦如幻，真让人觉着已经美到了不大真实的程度。至此，自己好像突然在这个世界上找到了一个心安之所，一个可以安详地阅读和写作的地方，一个怡然地栖息的所在。一切都恰到好处，世事远离，红尘不再，凡庸即便还不能说已经悉数归于圣洁，但是至少是融化于自然之中了。

　　鉴于这里是自己一日骑行的最远点，不能久留，所以略作盘桓也就只好离开了。至今想起来还是不无遗憾，韦廷给人的这种好感觉，孤身深入到了一个中世纪的环境中去的景象，实在是可遇不可求的经历。那样一个童话，日后再想重复，已经不太可能。顺着河谷里窄窄的自行车道回行，路边婆娑的树影参差地投射到地面上，投射到我的身上；韦廷在身后变得越来越远，拐过弯去便永远消失了。

　　韦廷成了一个遥远的梦，一个曾经实现过但是从那以后便永远失去了的梦。韦廷是自己的德国记忆中永难磨灭的一个片段，一个永远铭记着的带着微微的痛的审美的极致。

贝恩堡（BERNBURG）

　　贝恩堡全称是萨勒河上的贝恩堡。因为与易北河比起来，萨勒河要窄一些，所以景色似乎也更精致些。在马格德堡期间，曾经顺着易北河抵达巴比（BARBY）以后向西南方向转上萨勒河，到过贝恩堡，最远到了韦廷，那里距离哈勒已经很近了。因为在莱比锡期间曾经去过萨勒河上的哈勒，这样就从两个不同的方向将易北河这条重要的支流萨勒河上的片段的观感联系了起来。

　　一出门，一出楼门，一呼吸到那种熟悉而又有点陌生的德国的清晰的带有甜意的空气，就有了一种获得了自由的无比舒畅。

　　此次出行的计划是，先推着车子坐上一段火车，目标是易北河边的CABLE，然后再从那里沿河开始骑行。想到只需要花不到五欧元、半个小时，就可以让自己置身于一个全新的世界，到达一个从来没有到过的世界，就让人很是兴奋；这样的享受是来多少次都不嫌多的！正如在德国吃面包吃巧克力或者喝酸奶是一种享受一样，在德国坐火车也是一种享受。上车之前不必为买票的事情发愁，可以马上出发；中途下车还可以再上车，上下车多少次都是正常的，在一天之内票都有效。车厢里总是人很少，很安静，每个人基本上都有座位，如果不想坐着，去找一个宽阔的自行车车厢临窗去站着，也未为不可。朝霞，对，朝霞，这个俗而又俗的词正是这个周三早晨自己在车窗边上面对着的东西。这实在是太美好了，绚烂的色彩和这即将到来的一天的希望，生命的愉快，活着的美好都满满地在心里提了起来，让人不由自主地凝视着它，微笑，一直在微笑。

　　火车的停靠和启动都很迅速，瞬间就加速到了非常快的速度，正像是德国人走路的风格一样。这样方便快捷的火车，坐一次是一次啊，对于短期居住者来说，总会不由自主地发出这样的感叹，尤其是想到国内的火车时。

火车上有很多上学去的学生，背着书包，神情在社会化的沉稳安静与孩子式的跃动不居之间毫无章法地转换着。还有推着自行车下车的年轻女人，那种火车开了宽宽的车门，女人搬着车子迈步而下的景象，也许只有在德国才能见到。

窗外风和日丽，风车基本上是不动的。自己一路上都在张望着火车经过的两侧，研究着是不是有自行车道，返程的时候自己是不是可能骑车回来。

下了火车，骑上车子的感觉是特别令人愉快的，甚至可以说是无与伦比的。仿佛世界上的任何人都不如自己在这一刻来得幸福和甜蜜。生命在这个时刻变得有了勃勃生机，有了无限的希望。自此顺着萨勒河溯流而上，沿着河边迤逦而行，一路风光旖旎，终于到了贝恩堡的时候已经是下午了。

贝恩堡的城堡和教堂都站在萨勒河边的断崖顶上，虽然那断崖并不高，但是在几乎没有高山的德国大地上，这样临河而踞，站在山顶上的黑暗庞大的古老建筑还是很能给人以雄伟壮丽的感觉的。让人不由得时时仰望，让人在河边的每一分钟都沉浸在对这深沉的伟岸形象的敬畏之中。然而河边的景致又是非常柔和的：春天只是刚刚透露出一点点光影朦胧的痕迹，各种各样的水草与花儿去年干枯的茎叶依旧"开"在小路上，开在灌木丛生的仿佛未经人工的树影婆娑里；它们与新绿的水草一起，参差地装点着河边的景色，将新与旧的过渡纤毫毕现地展示在人们面前。这是德国人对于自然景观的一贯态度，保护不能露出保护的痕迹，要保护得仿佛一切都出之自然才是最好，最有诗意。

顺着这样有诗意的河边小径前进将是一件多么令人惬意的事

萨勒河边的贝恩堡

情，经过了一系列的准备和努力，终于抵达了这样一直期待着会在行程中出现的最富有诗意的段落，沿河而行的旅程开始呈现最为辉煌的部分了！然而，就在这时候，自行车却卡住了。被不知道什么时候车轮卷上来的一段小铁丝缠到了链条里面，无论如何也拔不出来，也挣脱不了。车子不能骑了，只能推着走，只能不动链条地做半圈蹬踏滑行。即便是出现了这个情况，自己甚至也没有打消继续前进的决心和兴趣，直到推着车子继续沿着那诗意的小径走了很是不短的一段以后，才最后慢慢地承认了现实，一点一点地返回了古城。在古城里也许能找到工具吧，希望就寄托在那里。修车摊或者修车人是不用想的，德国压根就没有这个职业。

在2月底3月初的这一天正午的阳光下，古城中心广场上黑黑的树枝树干将自己斑驳的影子清晰地投射到了铺着古老的小块石头的地面上。长椅上坐着低头看报的老人，低声聊天的男男女女，还有个别孩子，奔跑着、蹒跚着。几个西装革履的年轻人站在广场上的通道边上散发着广告，彬彬有礼地与愿意和他们搭话的人介绍着产品；大多数时候他们都很寂寞，因为愿意停下来和他们讨论产品的人毕竟少之又少，而那些流浪者或者如我这样的外国人又显然不是他们正确的客户对象。广场边的街道上，穿着大衣的人们以德国人特有的大步匆匆走过，偶尔有愿意停下享受一下阳光与周围的空间的人，就以标准的姿态站定了，或者坐下。除了老人外，很少有缓缓地踱步的人；尽管每个人在路过这里的时候实际上都眯着眼在享受这显示着春天的气息的美好。

贝恩堡的街道广场

　　我在这广场和广场边的街道上来来回回地走了好几趟，将每一个店铺都仔细地看了一遍又一遍，稍微有点希望的都会进去看看问问，因为实在不甘心好不容易骑到这里以后仅仅因为自行车链条中夹进去一截儿铁丝而被迫返回。只要找到一个修车人或者一把钳子，一切就都可以迎刃而解了。不过，找遍了所有的地方也没有修车的，找遍了所有的商场也没有卖钳子的。非常无奈，面对下面萨勒河有森林有古堡的秀丽的风光，还有这么好的阳光，自己只能先行撤回了。车子是不能正常骑了，只能用单脚滑着车子，滑一下向前跑一截，然后再滑一下，就这么回行了将近30公里，然后又坐了20公里的火车。好不容易回到马格德堡火车站，滑回宿舍以后顾不得休息，立刻就开始着手对付那截儿铁丝。最后还是菜刀起了作用，用它才一点点地把卡在链条里的铁丝给弄了出来！用手举起那截小小的铁丝，举到灯光下端详着，难以想象，就是这么一段小小的铁丝，竟然阻碍了自己整个的美好行程！

　　尽管后来再次骑车又到了贝恩堡，再次看见了那个树影清晰的广场与崖壁上巍峨的古堡，但是奇怪的是反而没有被羁绊住的第一次感受深刻了。大美于前而不得的渴望，虽然让人有被束缚住了的憋闷，却也落下个永不磨灭的印象。

巴比（BARBY）

　　自行车专用道在巴比城对面的易北河边的时候分开了一个岔，有一条不很显眼的岔路，上了一座像是已经废弃的铁路桥，这座坚固的铁路桥成了自行车道的一部分。顺着桥过河就到巴比城，转完了巴比城，还可以再顺着桥回到河这岸的沿着易北河前进的自行车专用道上来。因为如果不回来，继续沿着巴比城那边的自行车道走的话，很快就会遇到一个大麻烦：萨勒河将在这里与易北河汇流，形成的水系的丁字路口使自行车道不得不做非常遥远的绕行。

事实上，巴比在易北河上的重要节点地位完全来自于它是两河交汇，也就是萨勒河汇入易北河的地方，正是这一点决定了它自古而来的区域核心的显赫地位。萨勒河作为易北河著名的支流，在巴比汇入易北河。从巴比向东南是易北河，向西南是萨勒河。它有在周围的一般城镇罕见的城墙，可以想见其在古代的重要军事地位。城墙不是很高大，都是纯石头垒成的，非常坚固。面对易北河水，这样的石头城墙后面的不大的古城里，崎岖的石头路径四通八达，窄窄地将完全自然状态里的高大民居一个一个地连接起来。而萨勒河与易北河汇流的地方其实是在城南几公里的地方。

这座曾经的军事要冲，一直以来的地理节点，如今变成了一座殊少人迹的标本样的古城。城里城外人少车少，骑车漫行其间如入无人之境；没有最基本的人气，不管曾经多么辉煌的地方，都将衰落。又因为德国境内的城镇多有这类保存完好的古城，所以也吸引不来多少外来的旅游者；这样巴比也就陷入越来越深远的寂寞之中了。

不过这也许更有利于自然风貌的完整保存。因为两河汇流，所以周围的平原地貌上的水系发达，湖泊遍布。每个村庄周围都有岸上水草依依、岸边古树参天的好景致。DORNBURG的水边还有皇宫，GOMMEN则平原广袤、森林绵延，骑行穿越，每个地方都给人留下了清晰深刻的印象。

这一带都是冲积平原风貌，森林湖泊之外便是旷野，很适合骑行。随便确定一个方向，一个以前没有怎么走过的方向，任意地骑车走下去，总是能获得崭新的景观感受，能在平坦的奔驰过程中收获酒神一般的醉人的享受；穿过森林中的小径，经过藏在林莽深处的休闲木屋，与骑马而行的女子相向而过；沐浴在清凉的风里，蔚蓝的天空下，飘移的云影中，恍惚就是在飞翔。在整个易北河流域的骑行过程中，类似这样的原始而淳朴的快乐一直都环绕着自己，那些固定的景点固然可能给人以新奇的感觉，但是这种最基本的草木扶疏、清风朗朗的好感觉却是最恒久的收

巴比城外

获。而也正是这样的收获感在支撑着自己乐此不疲地抓住任何一个机会，抓住任何一点时间，尽量多地到河边骑行的。

舍内贝克（SCHÖNEBECK）

舍内贝克是易北河接近马格德堡的时候的一个河边重镇，当年拿破仑征战欧洲，曾经途经此地前往柏林。河边广场的石碑上详细地记录着这一事件。

沿着易北河从马格德堡出来，顺着雨后亮亮的堤顶小路，穿过色彩缤纷的森林，两侧都是黄红色的斑斓树叶，是青苔遍布的黑色树枝树干。

那些纯净的颜色，是大自然所赋予人类的最原始的珍品，置身其间的激动早就将空气的寒凉驱散了。过了森林，周围开阔起来，无边的草场上牛儿自顾自地吃着草，不过偶有人经过的时候它们还是会很惊异地抬起头来看上很久。毕竟，在这里见一次陌生人也不是很经常的事情呢。地脚上停放着大型的宿营车，车体虽然大但是用轿车就可以拉着走。很多村落的空场上都集中停靠着这样属于各家各户的宿营车，是大家为了度假用的。而这一辆停在地边上的，大约就是养牛人临时居住的地方了。

舍内贝克的气氛也是空寂的，码头上只零零星星的有几个用婴儿车推着孩子来玩的人。一座东德风格的孔武有力的雕塑群像上，写着"法西斯主义的受难者"字样。它和拿破仑纪念碑以及不远处不锈钢的抽象城市雕塑一起将本地的历史做了一一的标注。

舍内贝克

　　洁白的河鸥在河边的立柱上稳稳地立着，其洁白纯净一如海鸥，不过是头部有一圈蓝灰色。

　　站在桥上俯瞰两侧宽阔的易北河水，河水拐着舒缓的弯角，将远方村庄上空的教堂尖顶直接呈现在了视野之中，构成了一幅绝好的江河画卷。从而也就找到了舍内贝克（漂亮的堤坝）的名称由来。这里是马格德堡的南大门，也是沿着易北河一长串美丽的德国城市中又一个令人记忆深刻的所在。人类逐河而居的古老传统，在易北河边被很完美地保持着，在舍内贝克这样的地方，还清晰地葆有古老的依托江河聚居的传统痕迹：这样的方式不仅是方便经济和交通的，也是审美的。

马格德堡（MAGDEBURG）

易北河在穿越马格德堡的时候为整个城市带来的风景是本地巨大的福利，易北河是整个城市的灵魂，是让整个城市活起来的点睛之笔。而且事实上自己大多数沿着易北河的骑行都是以马格德堡为起始点的，马格德堡是自己沿着易北河那些片段式的骑行中最重要的大本营。

在马格德堡，沿着易北河的骑行成了稍有时间的时候自己最经常的户外活动。周末和假期基本上都被自己用来顺着易北河的上游或者下游骑行了，上下所抵达的最远位置都在距离马格德堡一两百公里之外，很多时候并不是一味地沿着易北河的河水走，而是将其流域内的横向辐射面里的城市、原野、森林、古迹和支流也纳入了自己骑车漫游的范围内。这样几个月下来，加上以前在晃桃和以后在汉堡沿着易北河骑车走过的地方，就将整个易北河的主要部分都走过了。在头脑里形成了属于自己的直观化了与感性化了的易北河地图。

在德国，除了分两次大致将莱茵河从头走到尾之外，易北河这种逐渐累积起来的行走方式其实是更主要的沿河行的方式。在萨尔布吕肯的时候沿着萨尔河的骑行，在柏林的时候沿着施普雷河的骑行，基本上都是这个模式（施普雷河实际上也是易北河的支流）。德国的河流成了自己骑行德国大地的线索和根据，沿着一条河的方向，将这条河的两侧最主要的流域里的城乡和森林旷野、湖泊山川看过,就成了自己在德国这一年里最常有的也最令人沉醉的审美方式。

事实上,不管是莱茵河还是易北河,德国的几乎每一条河流之侧的观光路、休闲路也就是国内所谓的绿道,都是可以从河的源头一直抵达尾部的。这就是一个发达国家的重要标志。不仅国内的休闲观光道路完善而且还与国外的相应道路直接相连,你可以在整个欧洲大地上骑车一直走下去,理论上是可以走遍所有角落的。虽然大多数人是不可能将所有的角落都走到的,对于大多数人来说也没有那个要求,但是这种可能性却为骑行者提供了一个异常广阔的想象空间,使自己获得的自由感充分而确定。

博格(BURG AM MAGDEBURG)

博格全称是"马格德堡的博格",在马格德堡北边的运河畔。考虑到这个名字远比建于20世纪前半叶的运河历史要长,它在地理位置上附属于马格德堡和易北河,也就是顺理成章的事情了。

从马格德堡出来向北,易北河畔有一处非常有特点的枯树林。那是一片古老的橡树林,老树为风所折、所拧,倒地腐朽,一段一段的烂木头或者散落或者堆积(有的枯树倒下来几乎堆成了一个柴火垛),都一任其自由地以原来的样貌呈现在人们面前。青苔的痕迹在枯黑的树皮与糟朽的树干之间自然地点染着,与周围依然茂盛的橡树上的黄黄的叶子一起构成了整个树林中最主要的几种颜色。这种景致，在国内大约只有新疆的胡杨林可以一比了。

河边的自行车道特意在这样的枯树林中穿行而过，将枯树作了审美的风景。而当你认真地面对那些枯树的时候，才意识到它们也确实是美的，很耐看，是树木的一生中一个重要的阶段。人类在自己漫长的历史之中，曾经长期和这样的枯树为伍，只不过是到了现代社会才逐渐将这样的枯树从自己的生活视野与审美视野里剔除了出去。易北河边的这在枯树林中逶迤的自行车道，非常巧妙地、不动声色地将人们的审美观念拉回了过去，让人重新焕发出沉睡已久的原始审美力！

放下车子，我意趣盎然地在枯树林中徘徊了很长很长时间，将枯树倒地的各种姿态一一拍到了相机里。一抬头，天上的鸟儿在冬雨之后深深的寒意里排成一队队的阵型，正啸叫着飞过……

出马格德堡沿着易北河向北走，自然流淌的河水会与一条横向的人工河相交，这个交叉点成为著名的世界性景观。河与河十字交叉，桥下走水，桥上也走水而不是走车和人的奇特景象，确实是比较罕见的。而骑车走到这里，会禁不住暂时将沿着易北河的骑行方向放弃掉，先顺着运河走起来。

早在1938年就已经建成的这条运河，叫作中部运河，或者"易北-韦泽尔"运河，全长465公里。运河由西而东，从马格德堡的北边穿过，形成了一道横亘在平原上的高墙。这高墙里面是水，水上可以行船，墙顶上是两条路。任何一条路上都可以向东，也可以向西，不管是向东还是向西，在这大墙顶上高高的位置上的骑行，都会使骑行者时时能望见两侧平原上的村落，村落中间高耸的教堂。还有田畴道路，河流湖泊，阡陌纵横。且行且看，如一幅渐次展开的德国画卷，如在飞机上俯视，又比飞机来的平稳，行止全凭己意，行停之间都是美不胜收的感受。这形成了一道天然的观光大道，使用中的运河兼有这种观光大道的功能显然也是德国人所刻意为之的事情，路口上的标志和提醒之类的牌子一直在说步行和骑车者在坝顶上应该如何和不能如何。

顺着运河向西，可以一直走到大众汽车的总部沃尔夫斯堡（WOLFBURG）以及布伦瑞克（BRAUNSCHWEIG），向东则很快就能到达著名的古城博格。运河在这一段，岸边有很多像是中国画里的古松一样的曲虬而高大的松树，稀疏地点缀在河的两岸，与那种密密匝匝的松树林子给人的感觉完全不一样。这好像已经预示了一种气氛：舒朗的可以一棵一棵地数得出来的松树行列，导引着

博格城

博格城下运河上的黄昏

人前往的也将是一个古老的城邦。

　　果然，古城博格很有几分阴森的气氛。到处都画着骑扫帚的女巫的形象，似乎这和本城有什么古老的关联……骑扫帚的女巫婆形象下的古城里，人少而安静，虽然处于一座小山的山顶的位置上，但是却弥漫着一种洞穴般的寒意。

　　从来不迷路的我在从古城的山坡上下来试图回到运河边上的时候迷了路，进入到一处森林深处的古老宅院里。那是一个高大的四合院式的建筑群，里面有孩子在奔跑，有老人推着独轮车在干活，像是某种集体住宿的单位。问了问路，老人含混快速的德语也完全令人摸不着头脑。这个场景很像是在二战电影里见过的，弥漫着一种古朴的气息，有点时空穿越的恍惚。穿过这里，终于到了运河边上，但是仅仅就因为河边有支流汇入而却没有桥，所以不能继续沿着岸边回行，而只能原路返回古城，再走来的时候所经之路了。这段迷路的经历给人留下的印象很深，其深刻程度一点不亚于博格古城本身。

沃尔夫斯堡（WOLFSBURG）

相对来说，另外一次再沿着运河向西去沃尔夫斯堡的经历就没有这样的神秘味道了。辽阔与遥远，还有那一天时断时续的绵绵细雨成了记忆中的最主要成分。因为计划只用一天的时间骑来回，路途过于遥远，所以决定先坐上一小段火车，离开马格德堡直接从运河边上开始骑车。

那是2007年的3月3日，周六，这是自己在马格德堡的最后一个周末。在几乎无人的清冷街道上骑行着，到达同样几乎无人的BAHNHOF（火车站），上了即便可以说是有人其实也没有几个的火车，问了司机，确实是去HALDSLEBEN的。所以问，是因为车停在了这个站台的C区，而站台上的电子显示屏显示的是在A/B区的。这种不准确、不落实、不相符的情况，在德国的火车站上极少发生。因为从来准确，所以人们都已经形成了无比相信车票和站牌上的指示的习惯。

这火车属于ELBE-SAALE火车圈上的列车，运河也属于这两条河的流域范围。半小时以后，火车将到达一个人更少的小镇，从那里骑车沿着运河前进，前往沃尔夫斯堡，大众总部所在地。开车了，坐对了，正向，也就是面朝火车前进的方向；正向坐着就是坐对了，在猛然启动和猛然刹车的时候不至于晕车。

火车启动，漫游开始，一个人的漫游又开始了。长舒一口气，幸福。这样的幸福在自己的国家里也是难以实现的，首先就是火车上不准随身携带自行车，这一下就严重限制了自行车旅行者的择异地而骑的机会。德国在这方面为自行车开的方便之门的确让人羡慕，自行车可以上火车可以上地铁，可以进公园入皇宫之类的景点，甚至连市政厅也都可以直接推车走进去。自行车的这些方便，是这个发达的汽车社会赋予绿色交通形式的特权。

火车过不上多一会儿就会在马格德堡城里的一个个火车站停下来一次，城里有很多火车站呢。这里的火车确实做到了方便简单，五欧元就可以坐出去半个小时，而且是在这么优越的乘车条件下，人少到了近乎专列的程度。安静而又干净，无声无息，而又准时准点儿，窗外的风景还一直都是这么的纯净。

这么坐着的时候，经常会想起中国的味道，那么一种气氛，黄昏，人气，植物气，空气，都是和德国完全不一样的。那是家乡的味道，自己民族的味道。一个地域有一个地域的味道，即使是大自然也是有国界的。各个民族有完全不同的自然……火车驶出郊外，很多地方都曾经走过，细节都熟悉，方位感明确，地理上的熟悉带来的幸福感充盈。出了城又停靠了这样几个站，MEITZERDORF，GROSSAMENSLEBEN，VAHLDORF。

半个小时以后下火车，立刻就骑上车出发，走上了沿着运河向西的堤坝路。向一个骑车的老人问路，他因为在大堤上顶风骑车而流了鼻涕，鼻涕流到了嘴里而不自知。这样的尴尬在一向讲究仪表的德国人中是非常少见的。人老了就是这样，又退回到了孩子的状态。沿运河前行的人，多数都是老头老太太，很少年轻人。个别有，也都是默默地牵狗而行的散步者，极少见年轻的骑车人。

自己之所以屡次被运河所吸引，其中有一个重要原因是运河两侧堤坝上很自然地形成的砂石路面的小公路。这一条已经修建了将近一百年的运河，设计之初就很好地将其全部功能发挥到了极致；河道里走水，水面上走船，两侧堤坝上走行人和车辆。时至今日，不仅水流滚滚，昼夜不息地做着"西水东行"的调度，而且河面上来往的驳船川流不息，一直承载着低成本而又大运输量的货物转运功能。而在沿着运河的高速公路修建起来以后，堤坝上的路就基本上让位给了休闲旅行的骑车人和步行者，成为一条健身之路、审美之路。

运河与一般的自然河流相比，河道宽窄一致，两岸规整，方向笔直，植被与河流的关系有人工的痕迹，虽然看多了未免单调，但是优点是只要顺着堤坝走就不会有什么路线上的错误，不会有过不去的地方，不会有自然河流边上经常会出现的不得不绕行的问题。

运河两侧有田野有森林，也有村镇；还不断地有公路与运河交叉，形成一座座桥梁。为了运河里的船舶通行，这些桥通常都会被架高，但是依旧有很多桥看起来是没有架高多少的。这似乎是就当初运河设计的时候的刻意根据地形形成的变化，这样就节省了造高桥的造价。有些桥的桥面居然和古老的道路一样也是石柱竖直铺就的，非常坚固。

如今每一处这样的桥附近，都会形成一处人们停车观景或者休闲运动的聚集地。桥边上竖立着的广告牌子上详细地用图文并茂的方式描述着这一带的野生动植物种类，告诉人们保护它们的重要性。常有开车而来的德国人，停下车从车顶上搬下自行车来沿着运河骑行，也有跑步的，有推着婴儿车带着孩子散步的。不过，像我这样骑车长途骑行的，还真是没有遇到。

　　河边砂石路径之外，往往是森林草地植被；白桦树雪白的树干上布满了黑色的眼睛，黄色的茅草与蓝色的河水始终伴随；依旧沉浸在冬天里的乔木树冠上没有一点树叶，根根树枝联合起来，用总体椭圆的树冠形状在天空中勾画着黑色线条组成的图画；这种悬在空中排列在田野上的线条画的前景，是水面上一点点黑色的水鸭形成的圆点，还有寂寞地在空中飞翔着的黑色鸟群，它们为运河沿岸的冬末景致做了从上到下风格一致的奇妙点缀，形成了一种凄清而优美的独特风格。远处的红砖建筑的村庄

沿着运河去沃尔夫斯堡的路

在这样的黑线黑点联合点缀着的蓝色天空下，在常绿的松树掩映下，透着一种让人不得不站定了去凝视的魅力。偶然会有红色的灌木，红色的不是叶子而是枝条，一团团红色的枝条成为整个风景画的视觉中心。这种如画的风景中的凄清性质，是德国风景里的特质，是在德国的秋冬季里表现得非常明确的自然审美特征。总是让置身其中的人很自然地就会有一种悲悯、一种旷远、一种由眼前而身后的怀想的情绪弥漫到心间。

有一种寄生的草，一团一团地长在高高的树冠中，却已经是绿的了，即便是隆冬季节里它们也是绿的，像是树上开出的一团团绿花，又像是鸟儿们密集的窝。这是草籽借着风力在树枝上落根以后形成的寄生植物现象，很是引人注目。实际上德国的冬天是不冷的，顺着运河的砂石路面延伸着的笔直的路基上，始终都是绿草茵茵的景象，被雨水一浇，绿色的草与白色的水洼互相镶嵌着，就更水灵和鲜艳了。空气是湿润而清冷的，沿着运河展开的画卷在这样的湿润和清冷里一直持续着，让人可以有无尽的遐思。

在矮矮的堤坝上发现有一块石碑。用自己有限的德语仔细查看以后大致明白，上面写的是20世纪30年代修建了这条运河的史实。想来，那正是希特勒统治的时代。德国修建了当时世界上最早、规模最大的高速公路，还同时修建了这条高标准的运河。

沿着运河的骑行经过了无数小村落，见识到了最偏僻的村落也与首都柏林或者任何别的大城市无异的生活品质与生活基本设施。德国真正做到了资源的全国平均，文化教育与生活质量的全国平均，每一个国民都被平等地对待，都享受国家承诺给人民的同等权利与待遇。这些小村落与大城市相比，只是更安静，更古朴，更适宜人居。这些小村落的面貌尽管相似，但是一个与另一个在地理风貌与建筑格局上还是有各自的特点的，砂石路面通往森林边缘上的建筑群落，高高的教堂引领着也许只有三五户人家的高脊的两层农舍。一家一户，门前干净整洁，院后大树婆娑，车辆静静地放在自家门口，牵着狗的行人悠闲地漫步村边。那份人与自然和谐，人和物各归其道、互不干扰的秩序与安详感，让人不由得想到唐诗宋词里描绘过的场景和感觉。人类发展的脚步并不是一味向前就好的，某些阶段里的好品质，适合人居的好品质，是可以永远被保留在自己的生活里的。

到达沃尔夫斯堡之前，先到了运河边上的一个叫作VOREFELDE的小镇，小镇以猪为自己的图腾与敬仰物，古老的街头雕塑是一头野猪，而现代雕塑则是一群家养的猪。这样将一

以猪为图腾的 VOREFELDE 镇

群猪放在街头上，大约也只有德国文化里才会不以为怪。雨中的
VOREFELDE，被淋得湿湿的，街道和猪身上都泛着水光。不高的
教堂和同样不高的民居建筑，显示着这里既古老又偏僻的地理位
置和历史痕迹。这是在运河边上遇到的第一个大的人类聚居区，
是最有人气的地方了；尽管遇到的人很少很少。

　　过了VOREFELDE实际上就已经是沃尔夫斯堡的地界了，
沃尔夫斯堡皇宫建筑群赫然出现在路边。与国内的皇宫不一样的
是，这个建筑群完全是敞开式的，没有围墙，也没有门票。任何
人都可以随便出入，甚至是可以骑车进出。不仅在皇宫前的广场
上，就是在几何造型的御花园里，也都像是街心公园一样随意行
走和停靠。德国人对自己的古代建筑的保护就是奉行这种完全不
露痕迹的规则的，尽量让建筑完全融入周围的自然环境，与当下
的人文环境尽量不隔离，就像是那一株株古老的大树，依旧活在
今天的阳光雨露之中。

　　皇宫的老墙上有一株攀缘植被，根部像是雕塑一样紧紧地贴
在墙根上，根根脉络鼓起，道道纹理清晰；稍微向上一些就是稠
密的小叶簇拥着形成的厚厚的绿墙了，厚厚的绿墙在有窗户的地
方一律绕开，形成一种不影响居住者的视野的避让。这自然是人
工整理的结果，人工整理在这株至少有了百年历史的攀缘植被上
不露痕迹的表现，正是德国人对于建筑与自然的关系处理方法的
一种直观演示。

　　沃尔夫斯堡是一个小镇，但是因为大众总部在这里所以早就
大名鼎鼎，随着大众汽车在全世界范围内的持续热销而名扬天下
了。真正到达这里，却完全没有一个世界工业巨头所在地的奢华

沃尔夫斯堡的皇宫

与排场，与一个普通的德国小镇的区别似乎仅仅就是运河对岸的大众总部停车场上那壮观的汽车停靠的场面，还有厂区中林立的烟囱所形成的罕见的工业化景观。

　　运河将小镇一分为二，运河这边是传统的小镇生活区，运河那一边则全部是大众总部所在地的办公机构和部分工厂设施。小镇的图腾是狼，街头雕塑是一群正在奔走与号叫的狼。与前面经过的VOREFELDE街道上的猪群的雕塑相比，显得彪悍了很多。一座青苔遍布的石碑顶上，是一个德国钢盔。石碑上写着纪念1914—1918年死去的人们的字迹，还详细开列着所有在一战中死去的本镇人的姓名和生卒年月。德国各地的纪念碑，大多是纪念一战的，也有将一战和二战合并到一个碑上的，但是很少；单独纪念二战的就更少了。这些过往的死者的姓名，是本地的历史的重要组成部分。沃尔夫斯堡的街头和公园绿地上，还有一些著名的本地人的雕像，他们或者全身或者仅仅是头像，都有名牌介绍其历史与主要功绩。这些名人雕塑的生卒年，越到晚近越是与大众公司有关。

　　小镇上的人们可能家家户户都和这工厂有关，人们见面也许不会问你在哪个行业工作，而会直接问在哪个部门、哪个车间；几乎总是有穿着带蓝条的灰白色连体工作服的人们，三三两两地走在石头路面的小镇街道上。回程的时候在镇子最边沿上，偶见一户人家开着窗户，我便推着车子站在马路上隔窗询问回马格德堡的路径问题。户主穿着大众的连体工作服，似乎是刚刚下班或

以狼为图腾的沃尔夫斯堡

者正准备去上班，偶尔趴在窗户上望一眼街景，正好被我抓住问路。他以那种产业工人的爽利与豪迈回答着我的问题，用手比画着前行的方向，还不忘夸赞我这种骑车旅行的方式。后来回国以后买车的时候，我最终还是选择了大众品牌的汽车；不知道是不是和当年自己这一点与大众的接触有关。

雨时断时续，等到下午就不再有停歇，变成了一直不停的淅淅沥沥。雨衣早就在持续的雨水里失去了作用，浑身上下都湿透了，寒冷迫使人一直在紧张地用力骑行，以期用自身产生的热量来抵御外界的寒冷。

雨是有味道的，尤其是在无污染的纯净环境里，在遍地植被和水域的地方；特别是你一直在雨中骑行着的时候，这样的雨的味道就格外明确：那是雨水将土地、花草、森林、石子甚至水里的游鱼的气息碰触与撞砸了以后，激扬到空中来的，传递到你的呼吸里来的。在雨水里，在这样可以呼吸到周围一切万事万物的气息的雨水里，你才真正有融入到了环境中去了的感受。尤其这样融入异国他乡的味道里去的感觉，竟或可以归入一种可遇不可求的神奇经历里了。

也正因为如此，在雨水里骑行，浑身湿凉地跋涉，这样在外人来看来很苦的事情，作为当事者却几乎是浑然不觉的，他只沉浸在自己的享受里。尤其是当持续运动使身体散发出热量，热量遇到凉凉的雨水激出了蒸汽一样的白汽的时候就更有了成就感。

回程的时候不再为了沿运河而行严格按照运河边上的砂石路径前进，而是走了公路，公路直接将运河拐弯的地方的很多弯路拉直了，省去了不少里程。尽管如此，潮湿和寒冷依旧严重打击了审美的兴致，加上已经没有了来的时候对未知的目的地的想象，没有了前面的一切都是崭新的景致的向往，所以旅程就变得有点艰难了。在需要休息而不得不停下来的时候，吃上一个随身带着的苹果，或者一个面包夹菜和鸡蛋的自制三明治，虽然都是能量，但是也都无一例外是冰凉的；首先需要用自己身体的热量将它们升温，升温以后消化，才能最终给身体提供热量。这个过程对当时的自己来说显然是有点漫长，有点等不及的意思，身体迫切需要能量的补充。

无意中在公路边上看到东西德过去的边界，还有过去柏林墙延伸过来的痕迹。有一段还保留着铁丝网与高墙的旧貌，如今都被当文物保护着了。将自行车停在东西德划界的那条线在公路上的痕迹上，站定了看了一会儿。身边偶尔有汽车驶过，似乎都对这里不大感兴趣，无一例外的都是一闪而过。在那长达数十年的时间里，这里都是不可逾越的人为障碍，挂在那里的纪念文字上明确地写着在几十年的时间里都有谁谁谁因为偷越这条界而在这里被当场开枪射杀。如今烟消云散以后，一片沉寂，一个人也没有，任何行人和车辆的来去都完全自由，怎么也看不出过去的森严与肃杀。时间是抹去一切的唯一法器，生命和感受，困扰和挣扎，都注定将在时间的风中彻底散尽……

终于回到马格德堡的宿舍里的时候已经是深夜了。扒掉因为潮湿而变得异常沉重的衣服，洗了一个热水澡以后，深切地体会到疲劳的时候床所给予人的那种幸福感。这时候，这一天里的一切一下就都变成了收获。这样的收获是具有强烈的时间性的，在一定的时空之内可能实现，一旦错过了就永远成了错失的遗憾。

还有一两天就要离开马格德堡，去汉堡了。

事实上，在德国的每一次骑行，每一个这样使自己精疲力竭的一整天，事后无一不成了自己宝贵的经历财富与精神财富，成为永远值得回味的审美经验。

布伦瑞克（BRAUNSCHWEIG）

不知道为什么，第一次看到这个德语地名，脑子里就反映出了"灰猪"两个字。其实它和"灰"无关，更和"猪"无关，纯粹是因为组成城市的前后两个词与这两个词相近而已。此乃一知半解望文生义的德语学习的初级阶段的惯常错误之一种而已。

灰猪——将错就错就这么叫它吧——是一个不折不扣的古城，是一个早就被联合国命名为世界文化遗产的城市。火车站在城外，在火车站通向城市的道路上，竖立着古老的骑马皇帝的雕像。巍峨的古代广场在这雕像旁边，显示着一座王城的威仪。通过广场走进圈门，进入城内，老街道狭窄而有着自然的弯曲，石头路面光滑而响亮，桁架架构的二层房屋墙面上的线条黑白分明、鳞次栉比。如果不是一些店铺门前摆放着的现代化的桌椅，桌椅上坐着现代装束的咖啡客，还真让人找不到一点点当下的痕迹了。

一个朋友嫁给了德国人，我去他们家中做客，说起德国的古城，她丈夫很不以为然地用了一个词，叫作TYPISCH DEUTSCH，意思是"典型的德国味"，言外之意是"老一套""了无新意"，

布伦瑞克的雕像

甚至是"没劲"。他的话我当时听了是颇为惊诧的，后来在德国转得多了也就慢慢理解了：在任何一种文化体系里的建筑，其实都是"老一套"的，既是人们所追求与所习惯的，也必然是"了无新意"的。能够给予我们焕然一新的感觉的，从来都是异域异族文化的格局与方式。而这也就是一个只在德国生活了一年的中国人，有兴趣来写德国的原因。只有外来者、暂居者才会有新奇的眼光和勃勃的兴致，对于任何一个长期居住者来说，这些习以为常的东西早就融入了他们自小到老的全部生活，成了他们身体与灵魂的有机组成部分，是很难再跳出身外以外人的目光去审视的。

所以，布伦瑞克这样的"典型的德国味"的古城，在我们这样的外人的眼里，自然就是格外新鲜而好玩的。它的全部格局与细节，都充满了只属于德国的味道，充满了对于我这样来自遥远的东方国度的人的吸引力。

不过，严格地说布伦瑞克已经逸出了易北河流域，顺着运河走得太远，而运河也只是在它的西北十几公里的郊外一带而过，现在还是让我们先回到易北河边吧。

施滕达尔（STENDAL）

以上所述是离开马格德堡向北遇到运河以后沿着运河向上游或者下游而去的情况，如果不顺着运河走，而是继续沿着易北河走，河边的道路会时而拐向村子里、时而再回到堤岸上，一路逶迤北上；偶尔还会横穿一下易北河，然后到河的另一岸去继续沿着河向前伸展。

这是真正在德国大地上骑车而行，自由自在，不受任何约束，只是有一个方向，沿途所遇到的风景，都是审美的收获。哪怕仅仅是河堤上的一把座椅，它在易北河拐弯的地方，河堤大树下，正对着河道转向的位置，视野非常辽阔；座椅本身就像是一幅画的主体，让人浮想联翩。

自行车道边上的休息亭，有木头桌椅，还有木头的三角形屋顶，遮风挡雨的考虑是非常实用的；因为风雨很多，平原上的风也经常吹得很强劲。冬天也依然是绿色的甜菜地里耸立的黑色松树林子，像是平原上陡然而起的山丘，完全可以抵御掠过的风。

易北河上的渡口，渡船非常规范。汽车行人自行车各多少船票钱都有明示，上了船才买票。票价也很低。渡河只需要不到五分钟，却是一个欣赏河中风景的好机会。只是还没有感受够，船就又到岸了。

易北河堤坝上的自行车道

　　骑车上了对岸，上到对岸上的自行车道上，继续沿着易北河向北走，走上了从来没有走过的路的兴奋一下就迸发了出来。一直被走新路的兴奋鼓舞着，或者说走新路的喜悦一直萦绕着、支撑着自己全部的骑车旅行过程。那种不断地看见从未见过的景象的愉快，那种在这个星球上正在展开属于自己的画卷的愉悦，都是无以言表的。

　　一只小鹿背冲着我站到了自行车道上，已经距离很近很近了，才猛一回头发现了我，然后撒开腿跑到田野深处去了。其实它们并不真的怕人，不过是出于本能地不愿意和人靠得太近。它们在远远的地方凝望着人，目光里其实是没有恐惧的。因为在这块上帝垂青的土地上，它们已经安安全全地生活了很多很多代，没有人来干扰它们，它们和人和平相处，处于一种野外的驯化状态。正如水里的天鹅，不仅形式上是自由自在的，即便和人在一起的时候也并不恐惧与逃避，早已经到达了相安无事的水准。

这样骑车沿着易北河奔向施滕达尔，看着山坡顶上公路边上的彩色屋子，看着前面小路边上的高高的大树，看着芳草萋萋的原野，看着天空与河流在远方的透视点上的灰白色的汇合，实在让人沉醉。在易北河两岸绝美的风景中，骑车纵情驰骋所产生的诗意感觉，让人经常有登仙之恍惚。

这样沿着易北河骑行，经常会在广袤的平原上路过一些只有三五户人家的小村落，路过一些有着陈旧气息的古老水塔的小镇，最终抵达施滕达尔需要一整天时间，如果从施滕达尔坐火车回马格德堡的话，因为走的是直线，不必沿着河流自然的弯曲去绕，所以仅仅一个多不到两个小时就能回来了。

施滕达尔城市本身虽然也不错，具有德国小镇的安详乃至寥落，整洁乃至缺少人气等特征，但在经历过很多这样的地方以后，再以旅行的猎奇目光来看，未免会有一种乏善可陈的老套感。不过奔向这里的骑车旅程中，收获已经很多了。目的地早已经不重要。而假如设身处地，想象一下常居者的生活，其实也是非常舒适与适宜的。不仅公用设施齐全，而且与自然融合的风景也作为大的良好环境里的一部分而堪称优美。

骑车的时候，往往是路上所见的情景，远远比景点或者目的地本身更能给人以牢固的记忆，是属于自己生命的财富。到达一个地方，怎么到达是非常重要的。大家都坐飞机都坐火车，而你骑车甚至是步行，那感受，不仅是路上的感受，更有到达了那里的感受，是完全不一样的。艺术的，审美的方式，就应该是淳朴而古老的人类交通方式。交通方式其实在人生感觉的积累过程中，有着极其重要的可以说是决定性的作用。至今偶尔自己头脑中闪回的画面，在梦里又回到了现场的画面也大多都是当时那些骑车前行的路途上的景象，颜色形状气味与氛围，都是曾经"在路上"的那些永恒印象。

吕纳堡和汉堡（LUENEBURG UND HAMBURG）

易北河从南而北，接近汉堡的时候已经是一派水面宽阔、河道纵横的阔大景象了。高高的堤坝上劲风吹拂，像是大海就在前面不远处。一条大河接近尾声，像是人至暮年，世事了然，心胸豁达，那种广袤和无垠的景象，比之上游更具魅力。

吕纳堡是易北河边的一个普通的德国小镇：人们活动的中心是超市，市政厅周围的绿地是古迹遗存集中的位置。偶尔会有一个纪念碑，载着某个历史事件或者人物；有一处画着地图和风景的介绍栏，周围方圆几十公里内的路径都标得很清楚。在德国骑车旅行，很多时候甚至不需要随身带着地图，几乎每一个村镇都有这样的地图展示栏。看一看，记住了下一个方向和地名就可以了；更远的目标，则可以到了下一站再去看当地的地图。

汉堡则是易北河穿起的一连串的德国重要城市中最下游的一个了。易北河在汉堡呈现着一种浩大的景象，海运的大船可以直接沿着河道开到汉堡港。在汉堡码头和沿河看巨轮航行是一道只属于汉堡的易北河景观。

沿着易北河去吕纳堡的路上

　　在汉堡的时候曾经多次徜徉、流连、驻足易北河边，多次目睹过大河奔腾巨轮浮行的壮观景象。记得那一次，将自行车放在长椅边，然后坐在河岸边上，那是河水中一个分汊的端口，一个小三角洲的边上。长椅正对易北河上的桥，川流不息的车辆永远没有结束地在桥上以两个方向的方式流淌。自己脚前有一条小路，身后还有一条。人们看到这里有人坐下以后，就不再从前面走了，都走后面。偶尔有人牵着狗过来，狗要走前面的路，也都被主人给拽回去了。这是德国人和人之间的一种潜规则，为了避免打扰，尽量不造成和陌生人面对面的情况，不管是坐车还是走路，都是如此。

身后的杨树树干上长着很多贴着树干向上的侧生树枝，在风中它们新生的小叶和树干摩擦发出沙沙的声音，酷似身后有人骑车经过时车轮碾在沙地上的声音。弄得自己一次一次地回头望。终究还是没有人，这个时刻，汉堡的易北河边的这个位置上，一切都是只属于你的目光的，尽可以不受干扰地沉浸，尽可以将遥望与想象做白日梦一样的放任……

汉堡的风景中，汉堡码头是一个重要的支撑位。是汉堡这个城市的特殊性所在，是汉堡所以成为汉萨城邦的重要一员的决定性条件。汉堡的历史，汉堡的经济与文化全部仰赖于易北河所带来的海运交通的便利。易北河在即将结束的时候为自己建立了宏大的风光，为人类创造了取之不尽的福利。

汉堡的易北河港口景象

不过除了码头之外，汉堡并没有以易北河两岸为自己最重要的城市中心，这样的位置让位给了城市的经济命脉，海上运输企业和鳞次栉比的工厂。易北河在汉堡的南岸地带水系纵横，南易北河、北易北河、比勒河、DOVE易北河等大河之外还有无数分汊的细密水系。汉堡城主要在这些水网之北建成，河南岸则主要是以航运为主的工业区。不过，汉堡依然是易北河哺育出来的城市，其中心是易北河的副产品，一大一小两个阿尔斯塔湖。

以上两个易北河边的重要节点，都在《德国四季·春到汉堡》中有详细讲述，此处不赘。

入海口

顺着著名的汉堡港口旅游区一直沿河而下，沿着易北河向着它汇入人海的方向一直走下去，庞大的汉堡城市群落在河边绵延了很长很长一段距离。易北河始终都是汉堡的经济与民居所依托的一条线，单就审美来说，河边上的一处处自然的高岸也都是最佳地点。河岸上经常有高大的古树，有芳草萋萋的小径，有可以坐下来、躺下来观赏河面上的巨轮缓缓驶过的草坡、桃花、樱花、春天里在岸坡上渐次开放；窄窄的行人自行车小径将这样沿着河一直可以无边地持续下去的审美，引领到一片面对易北河的居民区中，引领进森林里，引领到更远的远方。沿着易北河的审美路径上，经常会有一些令人百转千回地看也看不够的好景致，那些船来舶去天际无涯的水天一色的景象里，似乎隐藏着什么哲学的奥义，让默默坐在岸坡上大树下长椅上的老人一直凝视着，很久很久都一动不动。

　　这样的优美的沿河地段，像是在完全无意中形成的，建筑格局和自然风貌互相融合得恰到好处，不遮挡不阻碍，而且往往还会有很多恰如其分的视角正好将植被与水面、建筑与高度等因素组合在了一起，让人流连忘返。根据经验，这显然都是德国人修旧如旧、不露痕迹的风景审美观下的处心积虑，是自然充分人化以后仿佛原始自然的景观。最明显的是郊外一处地势高高的所在，可以居高临下俯瞰易北河的高岸上，树木纷披之间有特意开辟出来的空隙，那些空隙里被安排上一条条长椅面对大河；这里常有一些养老院的老人们，穿着整齐地坐在长椅上，很完美地构成了一幅"看风景的人也成了风景"的绝妙景象。这里安装长椅显然是砍伐过一些树木的，否则树干过密，就什么也看不见了。德国人对风景的人化，总是这样不动声色，尽量尊重原来的地形地貌，尽量将改动融化于无形，仿佛自然本身就是如此。

　　逐渐远离汉堡和汉堡郊区以后，大堤上的小路上便不断地有带门的铁栏杆出现，这是为了防止栏内的羊走出来，行人经过需要开门再关门，而且门都是双套的，开了一套还有一套，这样即便羊跟着走也走不出去。这是德国人的SICHER（确定、确凿、确实），任何事都做到万无一失的程度为止；为了达到这样的目的而不惜成本、不计代价，宁愿笨重累赘也一定要安全有效、万无一失。

　　有些堤坝路段是连这样的门也被彻底关闭了的。行人和自行车必须下到堤坝外面的小公路上去，顺着小公路继续前行。因

易北河岸边的人居环境

为目的地是很明确的，那就是易北河入海口，所以前面的一切变化、因为天色向晚而在通常一日行的最后的折返时间窗口已经到来的一切迹象，都不能对自己有丝毫的动摇。要做的，就是一直向前。一边看小路两侧扑面而来的从来没有见过的风景，一边想象那入海口的宏伟与壮丽。

　　在下午逐渐暗淡下去的天光里，德国那种即便有阳光也只是偶尔一会儿，很快就又重新聚合起乌云的天空景致下，所有的一切看上去依旧魅力不减。油菜花将大地染成黄色，黄色的油菜花田中的小路上，夫妻俩前后共同骑着一辆车，后面还拖拽着婴儿车；天鹅栖息的水草丛就在小公路边上，它在抱窝，伏在高高的芦苇里，眼睛始终盯着每一个从它眼前经过的骑车人或者跑步者。骑车的人、跑步的人、散步的人，不管沿着易北河走出去多远，路上总能遇到这些将时间用于运动与审美的德国人。他们一般驱车而至，从车顶上摘下自行车骑行，或者换上跑步服开跑，或者牵着狗散步；生活方式非常健康、非常审美、非常令人赞叹。这是当时国内与欧洲的生活差距的一个重要表现，运动和审美在国内还远没有达到被普遍重视与实践的程度。

　　一条汇入易北河的宽宽的大河拦住了去路，乘坐渡船是唯一的交通方式。令人惊讶的是，在我要买票的时候，船员摆了摆手说"免费"。我扶着自行车站在舷边，望着被轮船激起浪花的滚滚河水，很有一点不安地等待着靠岸。已经习惯了收费，不收费的话就有不安感，就好像自己占了什么不该占的便宜。看一看那些坦然平静地渡河的德国人，我不觉一笑：免费的感觉太好了。德国的高速公路免费，很多渡口也免费，公共财政支付公共交通的一部分成本，使所有公民享受方便。

　　随着越来越接近入海口，河边的风貌也越来越开阔平坦，一望无际。萋萋茅草为风所梳理着像吹好的头发一样倒向一个方向，偶尔能望见的村庄上空，即便是最高的教堂也仅仅是露着一个通向天国的尖顶。

　　黄昏的时候，有一段先下到河边再上到大堤上的路，推着自行车上到堤上，看见堤里的村口上一大片穿着绿色衣服的警察，个个荷枪实弹，神情严肃；他们带着的大狼狗，伸着舌头哈嗻哈嗻地在地上自顾自地寻找着什么，拽得后面拉着狗绳的警察两臂伸

很多时候必须从大坝上下来继续前行

直，一个踉跄接着一个踉跄。显然是出了什么事儿，村子里刚刚有
刑事案件发生了。现在想来，一个外国人，单人独车地在那荒凉的
大堤上突然出现，不用做任何事，只他出现这件事情本身就足可以
让警察们产生极大的警惕了。好在德国警察不是那种随便就干涉
别人正常的行路权利的人，我从他们身边经过，他们并没有任何
吃惊与怀疑。也许这个案件已经完结，或者是绝对和外国人无关
吧。随着距离他们越来越远，自己刚刚上到堤顶上突然看见他们
的时候的那种担心，那种怕自己的语言不足以说明自己的来历、
不足以解释清楚他们的疑问的担心，也就慢慢地放下来。

这里基本上是易北河边最后一个村镇了，再向前，风更大，景色也更为空旷。易北河入海的地方和一切大江大河入海的地方类似，站在地面上已经很难区分哪里是河哪里是海了，过于宽阔的河道使人不能分清自己的位置，不知道面对的是易北河的河水还是北海的海水。实际上根据事后的地图定位，自己当时所望见的基本上还应该是河水，是易北河最后的河水。著名的库克斯港在入海口的南岸，站在北岸完全为水天一色的浩渺所淹没，根本看不到任何港口的影子。

水天一际，广袤无垠，视野臻于极限而不能穷极，这便是在易北河入海口处的全部观感了。整个流域沿途那些千回百转的景致与源远流长的文化印迹到了这里，便都烟消云散重归于浩渺的大自然了。沿着一条河走下来，很容易给人以哲学的超拔感。这便是此前所有沿着易北河而行的全部收获的总结。貌似没有功利目的的沿河而行，这时候显现出了它超越于一切功利之上的最大的功利：慰藉你的生命，成全你作为自然的一部分的身心感受，将渺小的个人生命和完美的大自然联系起来，在纵览的过程中完成审美的愉悦，饶有意趣地度过天地安排之下那份属于自己的生命时光。

初春的易北河口地带，风很大，很凉。天已经黑了，必须停下来了。又冷又饿，疲乏和寒冷一起袭来，还需要考虑不能让路上走过的人随便就发现自己，于是就选择搬着自行车离开堤上的道路，下了大坝，到河滩地里找一块地面不湿又已经离开大坝很远的地方宿营。

这是自己在德国第一次露营，也几乎是人生经历中第一次。

尽管年轻的时候骑车出去玩，有过在户外睡觉的经历，而且既没有睡袋也没有帐篷，往往是一件雨衣一铺就睡了，半夜会被地上的凉气给激醒。但是这样拥有基本设备但是却是一个人，而且是在万里之外的异国他乡的陌生土地上的露宿，还是不折不扣的第一次。

露宿这件事情，想象起来十分美妙。随遇而安，走到哪里就在哪里睡了，不必为了住店费心，还省了住宿费，可以感受大地的呼吸，感受天空的气息，感受人在地球上、人在宇宙间的最为微妙、最为贴近的脉搏。一个人如果没有露宿的经历，没有和大地母亲亲密无间地贴近的睡眠过程，不能不说是一种巨大的遗憾。露宿还是人类原始记忆中的重要组成部分，一旦在你的人生经历里重新经历了，就会有一种仿佛隔了千千万万年以后又遇到了自己的祖先一般的幸福充盈在心间。

露宿使人放下身段，从最低的角度去审视自己平常的生活，

接近入海口的时候，易北河已经有了水天一色的意思了

明白那种住在楼房里走在马路上的一成不变的日常生活，其实是并不正常的；人类在自己漫长的历史中的大多数时候其实是这样与天地合一的生活着的。

然而这些理想中的露宿的优点，在实际的露宿过程中基本上都已经被当事人忽略掉了。他要面对与这些优点一起到来的缺点：被打扰甚至袭击的危险和几乎无法抵御的寒冷是两个最大的敌人。我在易北河的大堤的河滩地上把行李从后车架上解下来，把自行车放倒，开始搭帐篷的时候这样的现实的问题就已经出现在眼前了。

首先是这样选择露宿点，事后想来是相当危险的，那被警察牵着的大狗也许能寻着味道找到这里来吧；虽然自己没有犯法，但是解释起来也是一通麻烦。而远离人烟的河滩位置，没有任何东西可以抵挡夜风，也不是一个露宿的好选择。或者，还会有那种不可理喻的变态者偷袭……不过对于这些安全问题，当时并没有太过强烈的感觉，脑子里一闪而过而已；因为疲乏、寒冷与饥饿的威胁更其强烈。这时候突然想起一句距离非常遥远的话来，它不仅在地理距离遥远的中国，而且还在中国的古代："乍暖还寒时候，最难将息。"

要露宿，第一个问题是帐篷支不起来，寒冷和困倦、疲乏和饥饿都逼迫着自己赶紧安顿下来，但是帐篷却是无论如何也支不起来。强劲的风一个劲儿捣乱，吹得人手脚麻木，动作笨拙。最后干脆就将睡袋探进帐篷里去，将帐篷做了睡袋之外的被子裹着了。这样的好处是不扎眼，不会引起远处的人或动物的注意；不会轻易被偶然走过大坝的人发现。

因为疲劳和困倦，所以穿上全部衣服躺下以后在寒冷的风里未及详细地对最后的天光做什么观察，只匆匆的一瞥便迅速闭上了眼睛；周围是不是有人，会不会半夜里出现什么危险之类的念头，还没有来得及在头脑里展开，就已经混入了一片模糊的梦境之中去了。分不清是河水还是海浪的声音在远远的地方有节奏地起伏着，星月的光辉在异国阴霾的天空下渺然不彰，大地上的气息里有泥土的味道，有水的味道，有自己身上经过了一天的跋涉以汗水反复出现又反复干涸以后的味道，这些声音和味道慢慢地融化到了自己越来越含混、凌乱的思维碎片里去了。

睡眠骤然而至，寒意却也一步步加深；在屡次三番地用不明的纠缠将梦境打破了以后的真实的寒冷里，每次都试图抵抗着继续睡觉。但是等浑身都颤抖起来，上下牙合不拢地打着战的时候，睡眠就无论如何也进行不下去了。坐起来抱着肩膀试图以自己抱着自己的方式抗拒寒冷，但是完全无济于事。

时间刚刚3点，黎明还早，而寒冷已经不能抗拒。站起来，不由自主地跳着，用不停地蹦跳来抵御寒冷，正如用不停地蹦跳来躲避地上蔓延的火。好在寒冷不像是被火包围住一样死路一条，还是可以逃开的；以最快的速度颤抖着将帐篷收起来，将睡袋收起来，将随身的包背起来，扶起倒在地上的自行车，一路小跑着向着大坝而去。推车小跑着上了大坝以后，义无反顾地向着昨天来时的方向而去，先跑了一阵，跑得浑身不再那么颤抖了以后就开始骑车。迅速地越过了昨天遇到一大群警察的地方，然后又像是倒电影胶片一样将昨天经过的一系列场景逐一倒了回去，走出去了几十公里，天光也依旧没有放亮。

　　早晨的寒冷在太阳升起来以后很久才慢慢被驱散。在一个丁字路口上，在一片油菜花田金黄色的花香包围下，设置着一套木头桌椅，这是供骑车者休息的地方。我坐下以后又来了一个骑车的老者，年纪在七十岁左右，戴着头盔穿着全套的骑行服。他说每周他都会骑车走这条路线。说着话又有两个年轻的骑车者过来，他们显然是很熟悉的。大家说的基本上都是路况和路上的感受，喝着水，休息一下然后就又各自出发了。在这样的环境里，有运动爱好的人更多，是一种顺理成章的事情。这是一种更高层次的福利，是人们热爱自己生活着的地方、热爱自己的生活、热爱生命的一种表征。

　　在这样的地方骑车盘桓，不管走快走慢，都是至高无上的享受。尤其对于我这已经完成了目的的骑行者来说，就更有一层曾经抵达过远方，抵达过河流入海的地方的成就感。那种对大地上的整体格局与细节风貌都有所领略以后的成就感，大约只有经历了寒夜考验的骑车人才能体会得到吧。

　　这样沿着易北河的骑行，只是以自己的方式断片式地相对完成了；沿着一条河骑行，自然是为了看到这河两岸的不尽风光，其实也只是为所有这些骑行的经历提供了一个方向、一个线索，是骑车漫游德国、置身大自然之中的一个角度上的总结方式而已。以一条河为线索的总结具有天然的时空逻辑上的顺序感，从上游到下游，渐次完成，一清二楚；不管是某一个河边的景点，还是某一段沿河的道路，都被纳入了这样的自然顺序之中，成为自然顺序的一部分。这样的清晰与方便实际上也在一定程度上遮蔽了具体旅行的时候的某种程度上的丰富，那种可以说是有些

这样的路骑行起来怎么会累

含糊的丰富绝对不是仅仅只按照一条河的线索就能逐一说得明白的。这样以一定程度上对丰富性牺牲为代价的描述，是一种"不得不"的悖论。补救的方法也许是尽可能地在主要线索之外尽量能"述及其他"吧。客观上描述了一条河，而主观上则参差摇曳得多，生活的边边角角自然远不是目的地明确的简单骑行所能涵盖得了的。

　　不管怎么说，易北河，从此都永远地被镌刻在了我的记忆深处。

跋：我依恋骑车漫游的好感觉

骑车回来，洗浴的时候一摸，脸好像瘦了，利索了。骑车好像可以在收获大地之美的同时，将自身一切浮着的油腻挤去！当然，这在很大程度上只是一种自我感觉。并非全部都是事实，不过也肯定是一部分事实。正是这一部分事实，坚定了自己继续寻求这种骑车的好感觉的信念。

坐到桌边，一边写笔记一边看书一边喝茶，也成了旅行后的一种享受。平常茶是不大能喝得进去的，现在则特别好喝，身体需要，精神也需要。淡茶的滋味在身心恢复的过程中，带着丝丝入扣般的温暖，流贯了全部身心。

这样骑车一天，回家休整以后，再出门便不想骑车，想走着，想坐地铁。浑身上下干干净净地缓步走到大街上。这些平常不愿意也不会去做的事，现在都变成了享受。就因为已经骑车一天了，已经浑身舒泰了。

骑车是旅行、是感受，更是自己与世界相处的最惬意的姿态。彻底运动以后的浑身筋骨都有略略的酸痛胀痛，非常舒服，别的任何东西都替代不了这样的舒服。对我自己来说，只有这样才最舒展，才最有收获，才有最美不胜收的愉快。在骑车过程中收获风景，也收获灵感，更有人和天地在一起的无上的自足与自洽。向着所有未知的方向骑行探索的乐趣，在我的人生中持久而绵延。

昨天周六已经骑车跑了一天，也积累了很多感受，今天周日似乎应该在家里休息了，但是无论如何不能安坐，还想赶紧去感受，去享受那种骑车漫游的好感觉。今天是体力与精神的恢复时间，不远行，漫游上个十几公里到几十公里即可。

有人愿意到咖啡馆写作，有人愿意到稠人广座之中的某德基写作，如果不是要或多或少地将自己写作的姿态做一种展示的话，就一定是生活在城市里，不知不觉地就将生活的全部场景城市化了。

其实在大自然之中，在河边在山坡上，像写生一样席地而坐的写作，更有意趣。那样虽然未必可以完整成章，但是肯定会有最鲜活的句子和段落，会有带着风声水意的远非概念所能描述的不尽之态。一个真正的作者，不论是文字作者还是图画作者、音乐作者，如果失去了这样置身田野山川河流大地上、沐浴在大自然中的第一手感受，他的创作就会是无源之水、无本之木，就肯定缺少概念之外的鲜活和独一无二的感知与表达。

不知不觉又到了年头岁尾的时候，又到了总结的时候。

人们总是习惯于在自己规定的时间节点上回望，回望既往的一年，回望既往的很多年。我发现，能记住的往往还是骑车旅行的时光。哪一天骑车去了哪里，甚至是骑车过程中某一个场景、某个一闪而过的细节，都能历历在目，都能很清晰地重现出来。

而这一年一年的其余的事情，其余的一切几乎都是没有什么记忆的，都是浮光掠影随风而去的。记忆选择上的这种自动的"去芜取精"说明骑行在自己生活中的分量，说明骑行作为一种生活方式，一种个人在世界上的展开的自由方式，已经深深地镶嵌进了自己的身心。

在人类位移的诸多方式里，我还是最钟情于骑车这种投身自然、可快可慢又始终全方位地与周围的环境全面融合着的交通方式。汽车太快，什么都一闪而过；徒步太慢，还没有能走出一两个视野所及的范围就已经筋疲力尽；只有骑车是快慢适中、可快可慢的，只有骑车是无惧于道路状况的，是没有堵车之虞的，是在必要的时候可以扛起车子来迈过去的……

骑车漫游，边走边看边拍照、边走边听音乐，听音乐之声，听最新的有时代感的歌曲。偶有所感，便可任意停歇，倚着车子，驻足而立，掏出小本记录下来；还在不知不觉中锻炼了身体。每一样都是享受。

如梦如幻的骑车漫游自由自在，既是在大地上，更是在精神中。这样骑车的过程中，可以让人始终怀有一种少年式的诗情洋溢的兴奋与勃发。

所以很愿意这样沿着大地骑车走下去，想快就快，想慢就慢；想骑一会儿车子就骑一会儿车子，想走一会儿就走一会儿。喝点儿水，吃点儿东西，看看这，看看那。在音乐里，在身心一起的跃动中，任思绪飘扬……

这样，与其说是喜欢骑车旅行，还不如说是喜欢骑车旅行过程中的那些附带的东西：比如可以听音乐，可以走路，可以任意遐想，可以随处随时掏出本子来写下片段的思绪，或者随手用手机来录一下比书写更方便的语音输入文字输出的记录。

这样的行程不受任何妨碍，也不妨碍任何人；厕身这个世界之上的时候，还有任何别的时候、别的场合，是可以这样与之比肩的、属于你自己的自由空间吗？这样的所谓骑行其实不是为了锻炼，也不是为了旅行，更不是为了写作，而只是为了这份无拘无束的自由自在。

正是在这样的意义上，我对自己过去骑行过的经历都有点敝帚自珍的倾向，每一次、每一幕几乎都还能清晰地回忆起来。那些场景几乎都已经变成了一些无意识，潜伏在自己的身心之中，在某个出神的时刻，在某个梦里，它们就会出其不意地再现，并且无一例外地让自己心向往之、不可自拔、不愿自拔。

用文字写出来的或许不及那样既是真实经历又已经变得虚幻起来的神仙状态之万一，因为作为一种无字之书，任何一次骑行经历的内涵、外延都是无限的，尤其像骑行莱茵河、易北河这样再难重复的经历。

人生在世，能找到一点点属于个人的精神乐趣，便是幸福之境。况，骑行之远，路途之长，沿着大地上的一条线索，或竟是没有任何线索的自由漫行，这幸福之境就可以无界扩展；甚至还有其后绵延不已的回味，乃至很多年以后的回味，就更可以让这样的幸福持续绵远矣。